バウムクーヘンとヒロシマ

ドイツ人捕虜《ほりょ》ユーハイムの物語

巣山ひろみ　［絵］銀杏早苗

くもん出版

もくじ

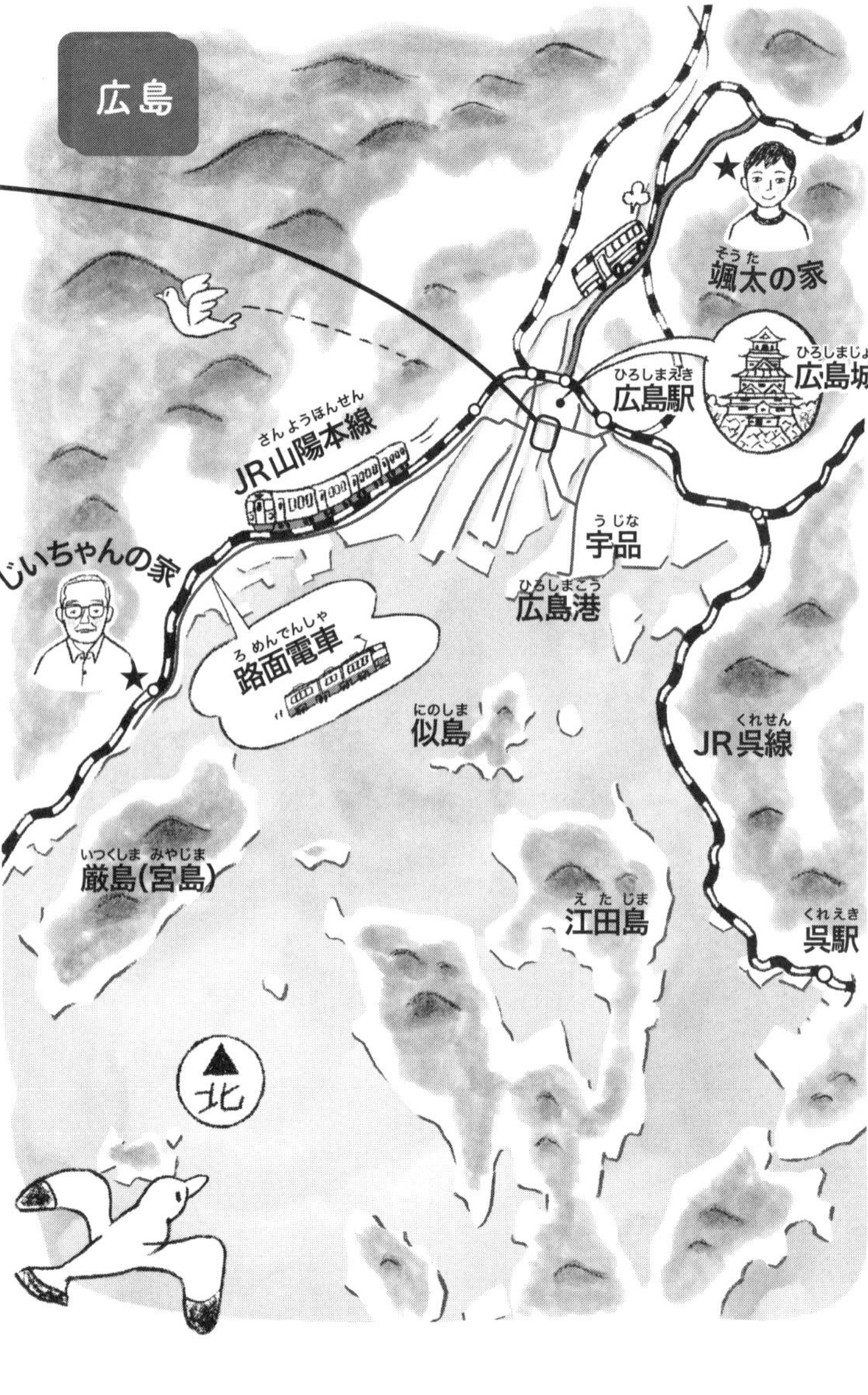

広島
颯太《そうた》の家
広島城《ひろしまじょう》
広島駅《ひろしまえき》
JR山陽本線《さんようほんせん》
宇品《うじな》
広島港《ひろしまこう》
じいちゃんの家
路面電車《ろめんでんしゃ》
似島《にのしま》
JR呉線《くれせん》
厳島《いつくしま》(宮島《みやじま》)
江田島《えたじま》
呉駅《くれえき》
北

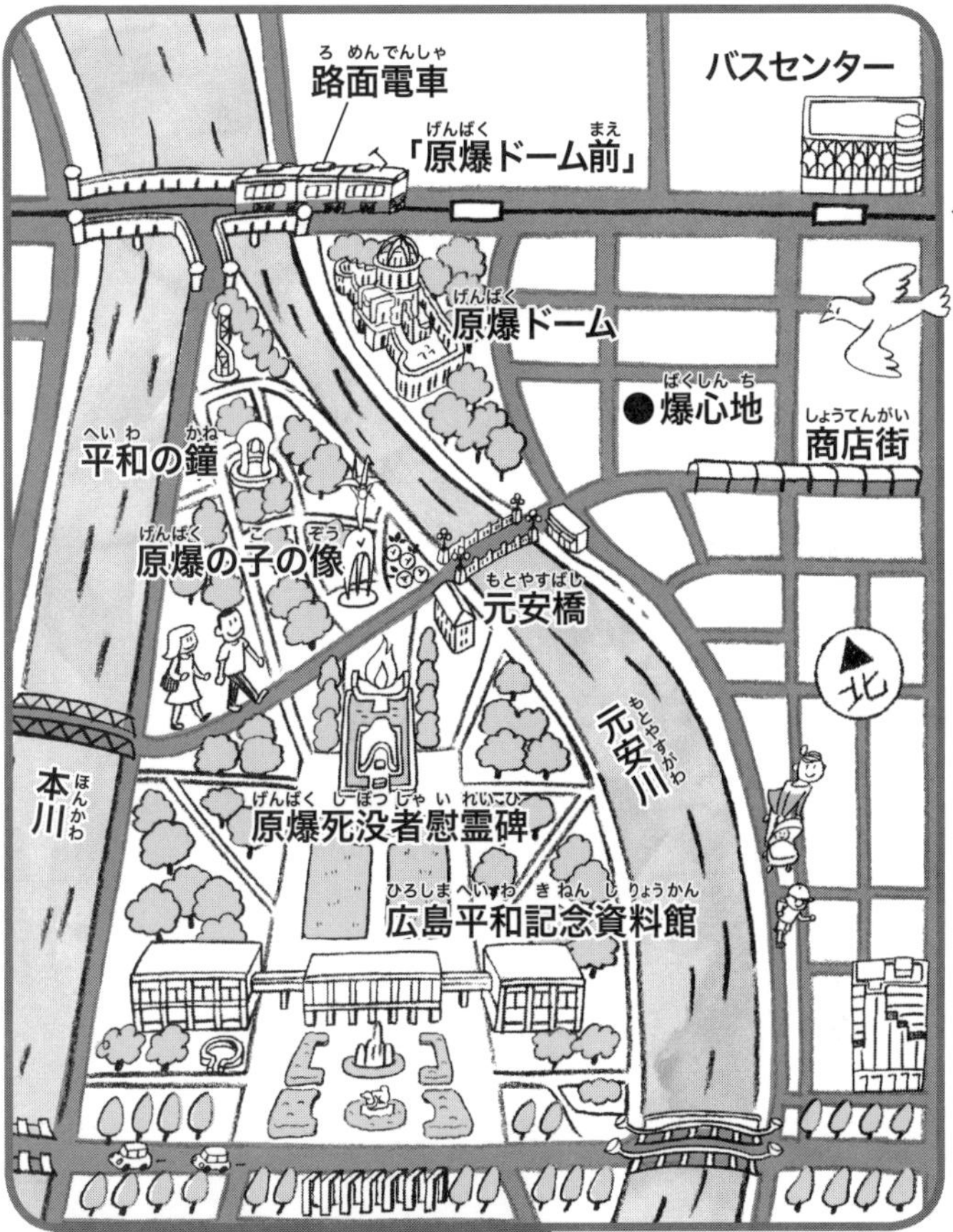
路面電車《ろめんでんしゃ》
「原爆《げんばく》ドーム前《まえ》」
バスセンター
原爆《げんばく》ドーム
●爆心地《ばくしんち》
商店街《しょうてんがい》
平和《へいわ》の鐘《かね》
原爆《げんばく》の子《こ》の像《ぞう》
元安橋《もとやすばし》
北
元安川《もとやすがわ》
本川《ほんかわ》
原爆死没者慰霊碑《げんばくしぼつじゃいれいひ》
広島平和記念資料館《ひろしまへいわきねんしりょうかん》

平和記念公園と周辺

1 スイーツ男子

「ちょっと、ソータ。これ、どうよ」

教室に入ってくるなり、真っすぐに近寄ってきた絵真理《えまり》がぼくの机《つくえ》に、バンッと置いた一枚《いちまい》のプリント。

「ピースキャンプイン……？」

つづく漢字が読めないぼくの言葉を、絵真理がどや顔で引きついだ。

「ピースキャンプ・イン似島《にのしま》。一泊《いっぱく》二日。小学四年生から六年生を募集《ぼしゅう》」

朝っぱらからなにごとかと思えば、地域《ちいき》ボランティア主催《しゅさい》でおこなわれる夏休みのキャンプの応募《おうぼ》用紙だ。

「で、これが？」

となりの席にこしをおろし、かばんから荷物を移《うつ》していた絵真理の手が、ピクリと止まった。

「は？　よく見てよ。六年生も参加できるのよ。ソータにも資格《しかく》があるってことだよ」

「だから、なんでぼくがキャンプに……」

はあっと、おおげさにため息をついて、絵真理がもう一度、ぼくの前につったった。

「ここ！　よく読んでみて」

指さされている文字を、ぼくは目で追った。

〝バウムクーヘンづくり体験〟

「あっ」

思わず声をあげたぼくに、絵真理《えまり》がにやりとした。

「スイーツ男子のソータだから、教えてあげたの。おとなりのよしみでね」

山里《やまさと》絵真理とは、家もとなりだし、教室の席もとなりだ。こういうのを、じいちゃん流に〝くされえん〟ていうんだ。そして、正確《せいかく》にはぼくは、〝スイーツ男子〟じゃなくて、〝バウムクーヘンを愛する男子〟なのだ。十二年間生きてきて思うのは、お菓子《かし》の中でバウムクーヘンが最強だということ。チョコレートもプリンもクッキーも、かなわない。

ぼくは、プリントに見入った。

『バウムクーヘンはもともとドイツのお菓子ですが、日本にはじめて伝わったのが広島の似島《にのしま》です。似島は、日本のバウムクーヘン発祥《はっしょう》の地といわれています。参加者のみなさんには、当時と同じやりかたで、バウムクーヘンづくりを体験してもらいます』

これはきっとお菓子の神さまが、ぼくを似島によんでいるにちがいない。元祖《がんそ》バウムクーヘンを、ぜったい食べたい！

「わたしのお兄ちゃんもボランティアで参加するのよ。どう？　参加するでしょ」

「する！」

絵真理の大学生のお兄さんの陸《りく》くんには、小さいとき、よく遊んでもらった。今でもときどき、キャッチボールをつきあってもらう。

「じゃあ、いっしょに申しこんどいてあげる。わたしも参加するから」

「うん。あ、そうだ。優斗《ゆうと》もさそってみよう」

岡田《おかだ》優斗も同じクラスの友だちだ。

キャンプの申しこみプリントを、優斗はじっと見ていた。そして、顔をあげると、

「行くよ」

といった。そうこなくっちゃ。

ところで、似島って、どこにあるんだ？

ぼくは、社会の地図帳を開いた。

広島市のはしっこにある広島湾《ひろしまわん》は、土地がざっくり、半円型《はんえんけい》にけずりとられたような形をしている。けずれた半円の中に、似島《にのしま》はあった。その小さな島を広島市、呉市《くれし》、江田島《えたじま》、宮島《みやじま》がぐるりと囲《かこ》んでいる。

同じ広島市内でも、うちは海から離《はな》れて山側にあるので、船に乗って島にわたるのは、ずいぶん遠くに出かける気がする。がぜん、わくわくしてきた。

活動メニュー一日目は、山登り。二日目はバウムクーヘンづくりだ。つくりかたの説明がのっている。

『まず炭で、せいだいに火を起こします。菓子《かし》生地を竹筒《たけづつ》にたらし、燃《も》えさかる炎《ほのお》であぶりながら焼いていきます。焼けたらまた、たらして焼く。何度も何度もくりかえす。夏のさかりには、かなりの高温になりますが、完成まで火の前から離れるわけにいきません。バウムクーヘンづくりは、体力のいる真剣《しんけん》勝負です』

ぼくは、ごくりとつばを飲みこんだ。ホットプレートでホットケーキをつくるのとは、わけがちがうようだ。なんだか、想像《そうぞう》していたよりずっと、ワイルドそう。

学校から帰ってくると、玄関《げんかん》にコッペパンのような革《かわ》ぐつがあった。

じいちゃんだ！

ぼくの頭の中にはたちまち、つばのある帽子《ぼうし》をかぶり、手には、いつものおみやげをもったじいちゃんの姿《すがた》がうかんだ。

「ただいま」

ぼくは、居間《いま》にかけこんだ。

「おかえり、颯太《そうた》」

コーヒーのかおりの中で、じいちゃんがにっこりした。

居間のテーブルの上には、思ったとおり、おみやげが置いてあった。白い紙に、赤と金のななめの線の入った包装紙《ほうそうし》。じいちゃんはうちに来るとき、いつも、バウムクーヘンを買ってきてくれる。

「やった！　いっただっきまーす」

「颯太《そうた》！　先に手をあらってきなさい」

キッチンから、母さんの声が飛んできた。急いで、洗面台《せんめんだい》で手をぬらし、Tシャツでふきながらもどってきた。

「じいちゃん。開けていい？」

「ええよ」

包装紙《ほうそうし》をはずし、箱を開けると、真ん中に穴《あな》の空いた切《き》り株《かぶ》があらわれた。といっても、ほんものの木ではなくて、まるで木の年輪のような層《そう》のある、円形のケーキ。クリームやくだものなんかのってなくて、すごくシンプル。

「お父さん、うちに来るたび、おみやげを買ってこなくてもいいのよ。遠いところにいるわけじゃないんだから」

母さんが、また、よけいなことを。自分だって、大好物なくせに。

地域《ちいき》はちがうけれど、じいちゃんもぼくと同じ広島に住んでいる。車だと、うちから一時間くらいのところにある海沿《うみぞ》いの町だ。うちに遊びに来るときは、散歩が

てらだといって、路面電車とバスを乗りついでやってくる。ずいぶん遠回りだと、母さんはあきれる。ＪＲ《ジェイアール》とちがって路面電車は、街中ではバスと同じように、道路にしかれたレールを走る。ちょっと進んでは停留所《ていりゅうじょ》で止まり、信号に引っかかっては止まる。とにかく、時間がかかるんだ。でも、そのおかげで、じいちゃんは電車の停留所のところにある百貨店で、バウムクーヘンを買ってきてくれる。

「まあ、ええじゃないか。颯太《そうた》もよろこんでくれるんじゃし」

「そうそう。バウムクーヘンなら、いつでも大歓迎《だいかんげい》だよ！」

「おじいちゃんを、歓迎するんでしょ」

〝を〟のところを強調しながら、母さんが、ぼくをにらんだ。もちろん、じいちゃんのことは、大歓迎だ。母さんとちがって、うるさいことをいわない。いつも、「元気でおりゃあ、それでええ」といってくれる。そんなときの母さんのせりふも決まっている。「いちばん最後に生まれた孫だからといって、お父さんは颯太をあまやかしすぎなのよ」だ。いとこの兄ちゃんたちは、とっくに大学を卒業して社会人だ。

「ではあらためて、いっただっきまーす」

母さんが切りわけるのを待つのももどかしく、フォークをつきたてる。ずっしりとした食べごたえがあって、それでいてしっとりしている。まわりのホワイトチョコレートのあまさとバターのかおりが絶妙《ぜつみょう》で、たまらない。

「颯太はうまそうに食べるのぉ」

「わたしがつくるどのお菓子《かし》より、よろこんで食べるんだから」

母さんはちょっと不満そうだ。パートが休みの日、ときどき、母さんは思いついたようにお菓子をつくる。バレンタインデーには、父さんとぼくにチョコレートケーキをつくってくれたし、たまに、時間をかけてシュークリームをつくることもある。でも、バウムクーヘンは一度もない。特別なオーブンが必要なので、家ではつくれないそうだ。

「そうだ。ぼく、夏休みのピースキャンプっていうのに、行っていい？」

「山里《やまさと》さんから聞いたわよ。陸《りく》くんがお世話係なんだって？　絵真理《えまり》ちゃんも行くのよね。そりゃ、行ってくるといいわ」

　これが、女子のおそるべし情報網《じょうほうもう》ってやつだ。

「キャンプでバウムクーヘンをつくるんだよ」

「まあ、どうやって？　ふつうのオーブンレンジでは焼けないはずだけど」

「もちろん、レンジでチンというわけにはいかないよ。燃《も》えさかる炎《ほのお》で焼くんだ。バウムクーヘンづくりは真剣《しんけん》勝負なんだからね」

　プリントの受け売りを、ぼくは、いばっていった。

「わしのおやじも、バウムクーヘンが好きじゃったで」

　じいちゃんが、ぼそりといった。

「子どもんとき、食べたんと」

「お父さんのお父さんが子どものころって、大正《たいしょう》時代の話じゃない？　ずいぶんハイカラだったのね」

　じいちゃんの父親ということは、ぼくのひいじいちゃんだ。もちろん、会ったことはない。じいちゃんが小さいときに、お父さんもお母さんも亡《な》くなったと聞いている。今、八十歳《さい》のじいちゃんが生まれる前の話。しかも、ひいじいちゃんが子どもだったときって、どれだけ昔なんだろう。

「じいちゃん、それって何年前？」

「わしがおやじの三十のときの子じゃけえ、おやじが颯太《そうた》くらいのころいうたら……」

「ざっと百年前ね」

母さんは軽くいうけど、そんな昔のことなんて、ぼくには想像《そうぞう》もつかない。

「ドイツ人がつくったそうな。おまえにも食べさせてやりたいと、よくおやじがいうたもんじゃ。わしが勤《つと》めだして、だいぶたってから、広島の百貨店ではじめて見かけたときは、うれしかったで」

「まあ、そうだったの」

母さんも、はじめて聞く話らしい。

「じいちゃん、買った？」

「あたりまえよぉ。すぐに買うて、食べたよ。うまかったでよ」

じいちゃんの満面の笑顔《えがお》に、ぼくたちもつられて笑った。

「颯太《そうた》のバウムクーヘン愛は、ひいおじいちゃんから受けつがれていたってわけね」

母さんのいうとおり、バウムクーヘン愛は、なんと百年にわたって、代だい受けつがれてきたんだ。ひいじいちゃんからじいちゃんへ。じいちゃんから母さん。そして、ぼく。

2

お菓子《かし》の島

キャンプは、夏休みにはいってすぐの、土曜日からはじまった。

集合場所の広島港まで、絵真理《えまり》のお母さんが、ぼくたちを車で送ってくれた。助手席に陸《りく》くん。後ろでぼくは、絵真理と優斗《ゆうと》のサンドイッチになっている。優斗がふざけて、ぎゅうぎゅうおしてくるたび、はしの絵真理が「もーっ！」と声をあげて、ぼくをおしかえす。

広島港まで一時間弱。川沿《かわぞ》いに走っていた車は、繁華街《はんかがい》に入ると、道路の真ん中を走る路面電車とならんで進んだ。広島港は電車の終点だ。

車をおりて桟橋《さんばし》に向かうと、海を囲《かこ》むように、たくさんの島がつらなっているのが見えた。

「ほら、あの富士山《ふじさん》のような島が似島《にのしま》だよ」

陸《りく》くんが正面を指さし、教えてくれた。小型《こがた》の富士山のような島は、ひときわくっきりと見えた。

ボオーッと汽笛を鳴らし、白いフェリーがやってきた。

フェリーに乗りこみ、海をわたる。

波の先端《せんたん》がチラチラ光る。まるで波と光が追いかけっこをしているようだ。

船はおわんをふせたような小島のわきを

通りすぎ、沖まで広がるカキいかだをさけて進んでいった。

乗船してから二十分が、あっという間にたった。

ぞろぞろ下船するぼくたちに、のんびり寝《ね》ころんでいたネコが、あわてて起きあがった。島の反対側の住宅街《じゅうたくがい》には、もう一か所、船着き場があるらしい。ぼくたちが着いた山すその船着き場は、切符《きっぷ》売り場も売店もなくて、ずいぶん殺風景《さっぷうけい》だった。

桟橋の下の海水がすきとおっていて、底まで見通せる。たくさんいる黒くて小さいのがメバルで、岩に見えかくれしている

シューズ袋《ぶくろ》くらいのでかい魚がチヌだと、優斗《ゆうと》が教えてくれた。

ネコもいるけど、ネコそっくりな鳴き声を出しながら、カキいかだに群れているのはウミネコだ。

参加者とボランティアの人たち約五十名で、海沿《うみぞ》いを歩く。

人にはほとんど出会わない。さっきまで、車の行きかう道路があって、大きなチェーン店やビルが立ちならんでいたところにいたのが、うそみたい。ここはふしぎなくらい静かだ。

宿泊施設《しゅくはくしせつ》近くまで来たとき、立っていた看板《かんばん》を目にして、ぼくのテンションはいっきにあがった。そこには、『菓子《かし》伝説の地へようこそ』と書かれてあった。

「ドイツ生まれの銘菓《めいか》、バウムクーヘン日本伝来の地」と、言葉がそえられている。

プリントに書かれていたとおり、似島《にのしま》は、ぼくの愛するバウムクーヘンが、日本に伝えられた場所なんだ。ここは、お菓子の国。それも、バウムクーヘンの島だ。

これが、じいちゃんのよくいう〝ごえん〟にちがいない。

伝えたのは、カール・ユーハイムと書いてある。そういえば、ユーハイムって、バウムクーヘンの箱に書かれていた。ただのお店の名前じゃなくて、バウムクーヘンを日本に伝えた人の名前だったんだ。

看板に足を止めていると、後ろから、陸《りく》くんが追いついてきた。

「看板が気になるんだね？　さすが、スイーツ男子」

うわ、絵真理《えまり》のおかげで誤解《ごかい》されてるぞ。

「スイーツならなんでもいいわけじゃなくて、ぼくは〝バウムクーヘンを愛する男子〟なんです」

ここのところは、はっきりさせておかねばなるまい。

「夏休みの自由研究だって、バウムクーヘンの研究にしようと決めてるんだから」

「へえ」

陸くんが感心したようになったので、ぼくはちょっと得意《とくい》になっていった。

「バウムクーヘンの秘密《ひみつ》をさぐるんだ」

「それで、颯太《そうた》くんはどうやって研究するの？」

「それは……」

そこまではまだ、考えていなかったけど、形や材料なんかは、本やインターネットで調べられると思っていた。すると、陸《りく》くんがぼくの心を読んだようにいった。

「本やネットのコピーじゃ、おもしろくないな」

ドキッ。じゃあ、自分で研究できるとしたら……。

「そうだ！　いろんなお店のバウムクーヘンを食べくらべたりするよ」

これは、すばらしい思いつきだと自分でも思った。じいちゃんのおみやげはおいしいけど、ほかのお店のも食べてみるチャンスだ。宿題のためだといったら、きっと母さんも買ってくれるだろう。バウムクーヘンをたくさん食べられて、宿題もできる。まさに一石二鳥！

「それもあるだろうけど、せっかく、バウムクーヘン日本伝来の地に来たのだから、ここで発見することがあるかもしれないね」

陸くんが、楽しそうにいった。たしかに、ここには、なにかありそうだ。〝菓子《かし》伝説の地〟なのだから。

宿泊《しゅくはく》する少年自然の家は、港から十五分ばかり歩いた海沿《うみぞ》いにあった。後ろには小高い丘《おか》、広びろとした森の広がる敷地内《しきちない》に、秘密基地《ひみつきち》のような木製《もくせい》のバンガローが点てんとしている。

管理棟《かんりとう》の前で、職員《しょくいん》さんがむかえてくれた。

「みなさん、似島《にのしま》にようこそいらっしゃいました。えー、ぼくは、スタッフのしげまつひとしといいます」

胸《むね》のネームプレートに「重松文」と書いてある。

「文章のぶんと書いて、ひとしと読みますが、みんなからは〝ブンさん〟とよばれています」

丸い顔でにこにこと、ぼくたちを見わたす笑顔《えがお》が親しみやすい感じで、「ブンさん」というよびかたがぴったりだ。

「ここでのことでなにかあれば、ぼくになんでもいってくださいね」

と、めがねの奥《おく》の目を細めた。


入所式のあとは、山登りだ。広島港から富士山《ふじさん》の形に見えていた山。山の名前は、形のとおり、「安芸小富士《あきのこふじ》」といった。ミニサイズの富士山だ。

なだらかな坂道を余裕《よゆう》で歩いていたら、竹やぶをぬけるころに、細くて急になった。つかんで登るロープがたらしてある岩場もある。四十分も登ると、木々に囲《かこ》まれていた空が、だんだん開けてきた。

ぼくの後ろから、優斗《ゆうと》が汗《あせ》だくで追いついてきた。

「腹《はら》へったぁ」

優斗はしょっちゅう、腹をすかせている。

「山登りより、早いとこ、ケーキ食いたいわ」

「いや、優斗。それをいうなら、ケーキじゃなくて、バウムクーヘンだろう。そもそも、ケーキとバウムクーヘンとでは、焼きかたがまったくちがっていて……」

「うわ、やめてくれ。ケーキだ、バウムクーヘンだって聞いてたら、ますます腹がすく」

「ソータ。ほら、頂上《ちょうじょう》！」

絵真理《えまり》がふりむいて手招《まね》きした。

「わあ、すごい」

頂上からは、ぐるりと瀬戸内海《せとないかい》の島じまが見わたせた。

たくさんの島がつきだす青あおとした波間に、ゆっくりと船がわたっていく。この景色はなんというか……。

「ユウダイな景色ね」

絵真理にまるで、ぼくの気持ちのつづきをいわれたような気がした。

「うん。ユウダイだ」

でも、ユウダイって、いったいどんな字を書くんだ？　とにかく、ぼくは、見わたす島じまの景色に感動していて、それをあらわすのに、「ユウダイ」というひびきがふさわしいように思えた。

案内板に照らしあわせると、地図で見たとおりだ。広島市内の白く四角いビル群から目を移《うつ》すと、呉《くれ》市《し》の山やまのつらなりが見え、江田島《えたじま》につながる。さらに、ぐるりと向きを変えると宮島《みやじま》が見える。双眼鏡《そうがんきょう》があれば、じいちゃんの住む町も見えるはず。

広島湾《ひろしまわん》にうかぶお菓子《かし》の島で過《す》ごす、二日間のはじまりだ。

優斗《ゆうと》おまちかねの昼食をすませ、管理棟《かんりとう》の二階、ミーティングルームに、ぼくたちは着席した。

「みなさん、山からのながめはどうでした？」

ブンさんがにこにこして、みんなを見回した。その笑顔《えがお》につられて、こちらもつい、気持ちがほぐれる。まわりから、きれいだったとか、遠くが見えたとか声があがった。

「では、明日はみなさんに、バウムクーヘンを焼いてもらいます。ここでユーハイムがつくったのと同じやりかた、同じレシピです。当時、日本にはバウムクーヘン専用《せんよう》のオーブンはありませんでした。しかし、ユーハイムは工夫して、焼きあげました。かんたんではありませんが、力を合わせて、がんばってみてください」

そうこなくっちゃ。

ブンさんの言葉に、ぼくの胸《むね》は高鳴った。むずかしいから燃《も》えるんだ。子どもだましじゃなくて、ほんものってところがうれしい。

「その前に、これから、日本にバウムクーヘンを伝えたカール・ユーハイムと、似《に》の島《しま》のことをお話ししておこうと思います」

ブンさんは、紙芝居《かみしばい》のような厚手《あつで》の紙を綴《と》じたファイルを取りだした。

「この写真がカールです」

白黒の古めかしい肖像《しょうぞう》写真。ちょっと気むずかしそうにまゆをひそめているけれど、若《わか》くて、なかなかかっこいい男の人。

「カール・ユーハイムは第一次世界大戦のときに、日本との戦争に負けたドイツ軍の捕虜《ほりょ》として、日本に連れてこられました」

え？　戦争？　捕虜？

ユーハイムは、お菓子《かし》を伝えるために、日本にやってきたのではなかったのか。いきなり、のんきな想像《そうぞう》を打ちくだかれた。

ぼくの頭の中に、テレビ映画《えいが》で見た戦場の場面がうかんだ。ふりそそぐ爆弾《ばくだん》、舞《ま》いあがる粉塵《ふんじん》、血を流してたおれる兵士《へいし》たち。それは、「お菓子の国」なんかとあまりにかけはなれた光景だった。

ブンさんの話がはじまり、ぼくはすっかり、引きこまれた。

3 カール・ユーハイム

【ローレライ】

ライン川のゆったりとした流れの河畔《かはん》には、中世からの古い町なみがあります。山すそに広がるブドウ畑の上に、古城のたたずむ町は、南ドイツのカウプ・アム・ライン。この小さな美しい町で、一八八六年のクリスマスにカール・ユーハイムは誕生《たんじょう》しました。父フランツと母エマのあいだの、十番目の息子でした。のちに、さらに兄弟が誕生し、ユーハイム家は名前どおり（ユッフは「楽しい」、ハイムは「家」の意）、十三人兄弟のいるにぎやかな家庭になります。

母がいつものように、ローレライの歌を口ずさみながら、洗濯《せんたく》ものをほしています。

なじかは知らねど　心わびて
昔のつたえは　そぞろ身にしむ
さびしく暮《く》れゆく　ラインのながれ
いりひに山やま　あかるくはゆる

「兄さんたち、待ってよ」
小さいカールは、兄たちに置いていかれまいと、必死であとを追います。
洗濯ひもにかかったシーツが、川風にはためいています。

すぐ上の兄が、するりとシーツの下をすりぬけました。あとを追うカールは、ほしてあるシーツのすそをふんづけてしまいました。

「これ、カール！　洗濯《せんたく》のじゃまをしないで」

カールがしかられたすきに、兄たちはばらばらと、かけていってしまいました。

「こまった子たちね」

母はシーツをパンとたたいて、ひもにかけなおし、大きなおなかをかかえて、背《せ》をのばしました。十三番目の赤ちゃんが、もうすぐ誕生《たんじょう》するのです。

「兄さんたち、ローレライに登るんだ。いつも、ぼくは置いてきぼりだよ」

ライン川のほとりに、ローレライとよばれる岩があります。岩といっても高さが百三十メートルもある、切りたった岩山です。ローレライには、おそろしくも美しい水の精《せい》の伝説がありました。

昔、ライン川を船でやってきた船乗りが、岩山の近くを通りかかると、岩の上から、それはきれいな歌声が聞こえてきました。歌っていたのは、ローレライという名の水の精。船乗りが歌声に気を取られているうち、ローレライに船をしずめられてしまったといいつたえられています。

しょんぼりするカールを、母はだきよせました。

「ローレライを登るのは、あなたにはまだちょっと、早いわね」

いつもなら、カールが母のそばへ近寄るすきを与《あた》えまいとするかのように、弟たちが母を取りかこんでいます。でも、今日はどうしたわけか、ふたりとも、よい子で眠《ねむ》っています。

スカートのすそまであるエプロンから、ほんのり、せっけんのにおいがしました。

遠くでひばりが鳴いていました。

子どものころから、カールにはひとつの夢《ゆめ》がありました。

小さなビール工場をまかなっている父は、ビール醸造《じょうぞう》マイスターの資格《しかく》をもつ職人《しょくにん》でした。マイスターというのは、すぐれた技能《ぎのう》をもつ職人の称号《しょうごう》です。

「ぼくも、マイスターとよばれる職人になりたい」

カールの胸《むね》はふくらみます。でも、カールが思いえがくマイスターは、ビール醸造ではありませんでした。

「大きくなったらきっと、お菓子《かし》のマイスターになるんだ」

大家族の中にあって、お菓子を好きなだけ買ってもらうというわけにはいきません。子どもらしいお菓子へのあこがれと、親方としたわれ、ごうかいにビール樽《だる》をころがすたくましい父親の姿《すがた》がまざりあい、いつしか、将来《しょうらい》の夢《ゆめ》が芽生えました。

【異国《いこく》の地へ】

義務《ぎむ》教育が終わると、カールは菓子店に見習いとして勤《つと》めはじめました。

おさないころに思いえがいたように、お菓子の道を歩きだしたのです。

　マイスターになるには、腕《うで》とともに、じっさいに職人として働いた経験《けいけん》が必要になります。まだ少年のカールにとって、それははてしなく遠い場所のように感じられつつも、一心に歩いていけば、いつかそこにつながるという自信もありました。

　そんなある日、ユーハイム家をゆるがす大事件《だいじけん》が起こります。父親がビール樽の下敷《したじ》きになり、大けがを負ったのです。カールが十六歳《さい》のときでした。傷《きず》がふさがったあとも、父の体は、なかなかもとにもどりませんでした。たくましかった腕も、広い背中《せなか》も、少しずつ小さくなっていくようでした。よろよろ歩く父をささえる母までが、いっしょになって縮《ちぢ》んでいくようです。

「こうなったら、一日でも早くマイスターになって、ふたりをよろこばせてあげたい」

　カールは、夜間の職業《しょくぎょう》学校にも通うことにしました。見習いの仕事にも、ますます精《せい》を出しました。しかし、けがから一年後、父は亡《な》くなってしまいました。

職業学校《しょくぎょう》を卒業した二十二歳《さい》の年に、菓子《かし》店協会の会長から、就職《しゅうしょく》の話がありました。それは、ドイツではありませんでした。青島市《チンタオし》。ここは、もともと中国の一部ですが、当時、ドイツが占領《せんりょう》していました。おおぜいのドイツ人が青島にわたり、ドイツ人街を形づくっていました。

カールの話を聞いて、母は顔をくもらせました。

「青島……、そんな遠くに行かなきゃいけないのかい」

ドイツのカウプから青島は、ざっと、地球を四分の一周する距離《きょり》です。当時、シベリア鉄道で何日も何日もかけて、ひたすら森を通りすぎていかなければなりません。

いちばん上の兄のゴスタフが、母にいいました。

「行かせてやりなよ、母さん。ビール工場はおれたちがしっかり守るから」

「そうだよ、畑はおれがやる。こいつは、夢《ゆめ》に向かって、必死にがんばってきた。きっとうまくやるさ」

そういって、カールの肩《かた》をバンとたたいたのは、三番目の兄のオットーでした。

「青島はまったく新しいドイツだというじゃないか。大商人たちも、どんどん青島に向かっている。あそこでなら、ユーハイム家のカールはでっかく羽ばたけるだろう」

それから、兄たちにもみくちゃにされながら、カールは心に誓《ちか》いました。

(母さん、さびしい思いをさせてごめんなさい。そのぶん、ぼくは新しい地でがんばります)

ベルリンからカールを乗せた列車は、ドイツ国境《こっきょう》を越《こ》え、ポーランドの大草原をぬけ、ロシアをひた走ります。はてしなくつづくシベリア鉄道。ひたすら白樺《しらかば》の森がつづきます。

何日も何日も大陸を横断《おうだん》して、最後に乗りついだ鉄道から見えてきた景色は、生まれてはじめて見る海でした。巨大《きょだい》なドイツ軍艦《ぐんかん》が接岸《せつがん》しています。かがやく青島《チンタオ》の海に、青年の胸《むね》はふるえました。

「とうとう、来たんだ」

海に向かって、そうさけびたい気持ちでした。

兄のいったとおり、青島は新しいドイツでした。中国人、欧米人《おうべいじん》、日本人らとともに、おおぜいのドイツ人が暮《く》らし、音楽会や演劇《えんげき》、テニスやサッカーを楽しんでいました。緑の多い美しい町には下水道が完備《かんび》されるなど、最新の技術《ぎじゅつ》が使われ、活気に満ちあふれていました。

カールは菓子店《かしてん》で働きはじめました。

ところが、ここでの暮らしにやっと慣《な》れてきたころ、たいへんショックな知らせが届《とど》けられました。それは、母の死でした。働きはじめてまだ数か月。ドイツからははてしなく遠い地です。お葬式《そうしき》に帰ることさえできません。

父には見せられなかったけれど、母にマイスターになった姿《すがた》を見せることが、たったひとり、異国《いこく》に来たカールのささえでした。それがもう、かないません。折れそうになった心に、ここに来る前にはげましてくれた兄たちの顔がうかびました。

「ユーハイム家のカールは、でっかく羽ばたける」

そう、力強くいってくれました。カールは涙《なみだ》をぬぐい、歯をくいしばりました。


がむしゃらに働き、青島に来て半年ののち、勤《つと》めていた店をゆずってもらうことができました。それからますます、菓子の修業《しゅぎょう》に打ちこんだカールは、とうとう念願の菓子食免許習得者《かししょくめんきょしゅうとくしゃ》（コンディーター・マイスター）の資格《しかく》を取りました。

マイスターの資格を取るには、バウムクーヘンの試験がありました。それは、カールのもっとも得意とした菓子。バウムクーヘンをつくるには、高い技術《ぎじゅつ》がいります。

カールのつくるバウムクーヘンは、本場ドイツの味だと、評判《ひょうばん》になりました。一九一三年。二十六歳《さい》のとき、プリンツ・ハインリッヒ通りに「菓子・喫茶《きっさ》の店　ユーハイム」を開店しました。

その翌年《よくねん》、カールは一度、故郷《こきょう》に帰ります。お嫁《よめ》さんを紹介《しょうかい》してもらうのです。

菓子店協会をつうじて紹介されたのは、エリーゼ・アーレンドルフという二十二歳の、生き生きとしたかわいらしい女性《じょせい》でした。おさないころに両親を亡《な》くしたエリーゼは、伯父《おじ》の家に暮《く》らしていました。

「子どものころ、お菓子はこの世界の中のあこがれだったわ」

そう語るエリーゼの言葉には、苦労がしのばれました。

この人をきっと、しあわせにしよう。カールは新しい家族のために自分が強くなれるのを感じました。

ふたりは青島《チンタオ》で結婚式《けっこんしき》をあげました。

しかしそのころ、世界のあちらこちらから不気味な暗雲がわきあがり、人びとの頭上をおおいつつあったのです。

カールとエリーゼが結婚式をあげるひと月前、サラエボ事件《じけん》が起きました。オーストリア帝国《ていこく》の皇太子夫妻《こうたいしふさい》が、サラエボで、セルビアのひとりの青年によって暗殺《あんさつ》されたのです。このことをきっかけに、オーストリアがセルビアに宣戦布告《せんせんふこく》しました。第一次世界大戦のはじまりです。一九一四年七月二十八日。ふたりの結婚式のわずか数日後のできごとでした。

オーストリアとドイツが手を組み、対するフランス、ベルギー、ロシア、イギリスとの戦いがはじまりました。翌月《よくげつ》、ここに日本がくわわります。

ドイツ海軍が、ぞくぞくと青島《チンタオ》をめざして集まってきました。八月二十五日には日本の海軍が、青島に向けて出撃《しゅつげき》しました。ドイツ対日本の戦争のはじまりです。

＊

菓子職人《かししょくにん》の話を聞いているつもりだったのに、ブンさんの話はいつのまにか、たいへんな戦争のことに変わっていった。ぼくたちがポカンとしているのに気づいたのだろう。ブンさんが、みんなの顔を見回した。

「ちょっとむずかしいかな？　でも、ここはカール・ユーハイムが日本に来ることになったきっかけであり、この先、みんなに伝えたいことにつながるので、聞いておいてください。質問《しつもん》があればいってくださいね」

「はい」

真っ先に手をあげたのは、意外にも優斗《ゆうと》だった。学校では、給食のあとの授業《じゅぎょう》でうつらうつらしているのに、ブンさんの話はちゃんと聞いていたんだ。

「オーストリアの皇太子《こうたいし》が殺《ころ》されたことで、どうして、そんなにいろんな国が戦争をはじめなきゃいけなかったんですか？」

そうだ。オーストリアの皇太子をおそったのが、セルビアという国の人なら、このふたつの国でやっていればよかったんじゃないのか？ どうして、ユーハイムのいたドイツまでいっしょになって戦争する必要があったのだろう。

「たしかに、もともとは、オーストリアとセルビアの戦争でした。ところが当時、戦争が起こったときに、たがいに協力するという約束をしている国と国があったのです。オーストリアとドイツは同盟国《どうめいこく》。つまり、仲間でした。これに対して、日本はドイツと敵対《てきたい》したイギリスと同盟を結んでいました」

つまり、ドイツと日本は直接《ちょくせつ》けんかをしたわけでもないのに、戦争になったってことか。

「こんなふうに、次つぎと仲間がくっついて、たちまち第一次世界大戦とよばれる大きな戦争になっていったのです。一九一四年から一九一八年にかけて、ヨーロッパのみならず、その戦火はアフリカ、中東、東アジア、太平洋、大西洋、インド洋の国ぐににまでおよび、約五十か国が戦争に巻《ま》きこまれました。これは、第二次世界大戦でも同じことがいえます」

戦争が世界中で、まるであわのようにブクブクとわきおこり、地球を丸ごとつつむところを想像《そうぞう》した。なんておそろしいことだろう。背筋《せすじ》がぞくっとした。

ブンさんの話はつづいた。

「そういうわけで、ドイツと日本の戦争がはじまります。日本はすぐさま、たくさんの兵士《へいし》を青島《チンタオ》に送り、ドイツ軍を攻撃《こうげき》しました。一九一四年十一月七日、ドイツ軍が降参《こうさん》したことで、一か月半の争いが終わります。そうしてすぐに、捕虜《ほりょ》となったドイツ兵は日本へ運ばれました。カールとエリーゼが青島で結婚式《けっこんしき》をあげた日から、四か月もたっていませんでした」

「あの」

絵真理《えまり》が手をあげた。

「捕虜ってなんですか？」

「捕虜は、敵《てき》にとらわれた兵士です。当時は、捕虜のことを俘虜《ふりょ》とよんでいました。日本とドイツの戦争では、四千七百名近くのドイツ兵捕虜が、日本に連れてこられ、本州、四国、九州にあった十二の俘虜収容所《しゅうようじょ》にわかれて収容されました」

「捕虜って、いつまでつかまっているんですか？」

首をかしげる絵真理に、だれかがちゃかすようにいった。

「そんなの、戦争が終わるまでに決まってるよ」

「でも、ドイツが負けて、戦争は終わったんじゃないの？」

「日本との戦争に負けたというだけで、ドイツの戦争はまだ終わっていなかったのです。ひとつの戦争に負けても、また別の国と戦わないといけない。当時、ドイツの敵《てき》はおもに、フランス、ロシア、ベルギー、イギリス、イタリア、日本……」
「そんなに！」という声があちこちからあがった。
ブンさんの話はつづいた。

＊

【家族の離別《りべつ》】

ドイツ軍は降参《こうさん》する直前に、鉄道を爆破《ばくは》し、青島港《チンタオこう》の大型《おおがた》汽船をみずからしずめ、市内を流れる水道管、上下水道設備《せつび》を破壊《はかい》しました。自分たちでつくりあげた近代設備を、みずからの手で葬《ほうむ》ったのです。敵のものになるなら、こわしてしまえという思いからだったのでしょう。

日本との戦争が終わっても、店は再開《さいかい》のめどがたっていません。水道が使えず、数か所の井戸でしのいでいる状況《じょうきょう》でした。

「おとなりのご主人も、日本に連れていかれたわ」

からっぽの陳列棚《ちんれつだな》のすみで、エリーゼは涙《なみだ》ぐみました。

「下の子は生まれたばかり。上の子だって、まだ二歳《さい》なのに……。奥《おく》さんに、どう声をおかけしてよいやら」

ふるえるエリーゼの肩《かた》に、カールはそっと手をそえました。

「奥さんには、できるだけのことをしてあげよう。今、日本軍の工兵隊が水道管を整備している。もうすぐ、一般《いっぱん》家庭の水道も使えるようになるそうだよ。そうしたら、また菓子《かし》を焼いて、商売をはじめよう」

菓子を焼く。声にしていってみると、それは混乱《こんらん》の中にあるひとすじの希望の光のように、カールには思えました。戦争がはげしくなってからは、青島市民は菓子どころではなく、カールの店でも兵士《へいし》に向けてのパンを焼くばかりでした。戦争でものが不足すると、店からまず姿《すがた》を消すのは、それを食べなくても生きていけるもの。パンがなくては生きていけないけれど、菓子はそうではありません。だからこそ、菓子《かし》が店頭にならぶ平和な世の中を、カールは願いました。

「ああ、早く菓子が焼きたいよ」

「ねえ、カール」

エリーゼのひとみは、まっすぐに見つめてきました。

「あなたは日本に連れていかれることはないわよね」

カールはうなずきました。

「だいじょうぶ。ぼくは兵士《へいし》ではないんだから、心配することはなにもないよ。ずっとそばにいて、きみを守るよ」

その言葉にやっと、エリーゼの表情《ひょうじょう》はゆるみました。

しかし、カールはわずかな不安を胸《むね》にかくしていました。戦争で失った日本兵との数合わせのため、日本軍はなにかと理由をつけて、捕虜《ほりょ》となるドイツ人をさがしまわっていると、うわさされていました。そのことが、今は兵士でなくても、成人男性《だんせい》として兵士になる資格《しかく》をもつカールの胸に引っかかっていました。

ドイツにかわって青島《チンタオ》を占領《せんりょう》することになった日本軍は、ものすごいいきおいで街を復興《ふっこう》させていきました。爆破《ばくは》されていた鉄道、鉄橋を修理《しゅうり》し、二週間後には全線が開通します。一か月後には街灯に灯《ひ》がともり、二か月後には水道が使えるようになり、十二月の終わりに、日本人がいっせいに移住《いじゅう》してきました。

活気を取りもどした青島で、カールはやっと、店を再開《さいかい》させることができました。

翌年《よくねん》一九一五年九月のことです。ドイツが日本との戦争に負けてから十か月がたっていました。

厨房《ちゅうぼう》では、カールがバウムクーヘンを焼いています。

水平にわたした棒《ぼう》に、ケーキ生地をかけていきます。その向こう側には、いぶした樫《かし》の薪《まき》がごうごうと炎《ほのお》をあげています。生地をひしゃくですくってはかけて、焼けた生地の上にまた、すくってはかけ、鉄板の反射熱《はんしゃねつ》で焼いていきます。焼いているあいだは、ケーキ生地のかかった棒を、ぐるぐると回しつづけます。こうすることで、遠心力でバウムクーヘン特有のつのができます。一層《いっそう》、一層が積みかさなり、ケーキは太くなっていきます。完成するまで二時間あまり、手を止めることも、火のそばから離《はな》れることもできません。汗《あせ》が滝《たき》のようにながれます。ところが、熱気に顔を赤らめながらも、カールは口笛を吹《ふ》いていました。母が歌ってくれた「ローレライ」です。

長さ二メートルほど。丸太のように太くなったバウムクーヘンの棒を、「いよっ」と声をあげて、棚《たな》にひっかけたとき、エリーゼが水の入ったコップを、カールにわたしました。

「はい、あなた。しっかり、お水を飲みながらお仕事してね。飲んでも飲ん

でも汗《あせ》になって流れるんだから」

「ありがとう。きみも体に気をつけなさい。もう、ひとりではないのだからね」

カールはタオルで汗をふくと、その顔をエリーゼのエプロンにおしあてました。エリーゼのおなかは丸くふくらんでいます。もうじき、家族がひとりふえるのです。

カールの胸《むね》に、おさない日の思い出がよみがえりました。母の歌うローレライ、洗濯《せんたく》もののにおい。遠くで鳴いていたヒバリ。

カールは立ちあがると、おもむろにエリーゼをだきしめました。

「まあ、カール。どうしたの？」

なんともしあわせそうにほほえむ夫に、エリーゼはふと、不安になりました。このしあわせがずっとつづくよう願えば願うほど、失うのがこわいような気がしてくるのです。

「そうだ、この子がもし、男の子だったら、ぼくの父親の名をとってカールフランツと名づけよう」

「女の子だったら?」

「きみが好きな名前をつけなさい。きっと、きみそっくりな、すてきな女の子に育つよ」

と、そのとき、店のドアが開きました。お客ではなさそうです。山高帽《やまたかぼう》をかぶった郵便《ゆうびん》配達です。

「カール、きみにだ」

一枚《いちまい》の薄《うす》い手紙をわたすと、配達人は行ってしまいました。

手紙を開いて、ふたりは息を飲みました。まるで、時間がぴたりと止まったように、手紙をのぞきこむふたりは動きません。

「どうして……」

先に声を出したのは、エリーゼでした。

「どうして、あなたが捕虜《ほりょ》にならなきゃいけないの!」

エリーゼのつぶやきはさけび声に変わっていました。
それは、軍政部《ぐんせいぶ》からのよびだしの通達でした。

4 連れてこられたドイツ人

【日本へ】

まもなく、カールはほかの二十七名のドイツ人捕虜《ほりょ》とともに、青島《チンタオ》から船で日本に連れてこられました。大阪港から小船に乗りかえ、木津川《きづがわ》沿《ぞ》いの埋《う》め立《た》て地《ち》にある大阪俘虜収容所《ふりょしゅうようじょ》に到着《とうちゃく》しました。日本にとらわれていた約四千七百名のうち、ここには五百名あまりがいました。

収容所を囲《かこ》む板塀《いたべい》の内側には、薄《うす》っぺらい木をはりあわせたような長屋が、ずらりとならんでいます。

（なんだ、このぺらぺらの掘《ほ》っ立《た》て小屋は。風でも吹《ふ》いたら、ふっとびそうじゃないか）

ドイツ式の重厚《じゅうこう》なつくりの家にくらべると、あまりにそまつな建物です。

くつのままあがろうとするカールたちに、日本兵がしきりになにかいっています。やっと、くつをぬげといわれているのに気づきました。宿舎《しゅくしゃ》はたたみじきに、しょうじの窓《まど》。天井は、体の大きいカールには頭を打ちそうなほど低いものでした。

食堂《しょくどう》で昼食に出されたスープのようなもののにおいをかぎ、カールは、「うっ」と息をつまらせました。これまでかいだことのないにおい。

「カレーだよ。中の白いつぶはライスだ」

となりにすわった若《わか》い男が、人のよさそうな顔で話しかけてきました。

「あんた、今日、着いたばかりだろう。カレーには、おれも最初はまいったけどね。そのうち慣《な》れるさ」

おそるおそる口に入れてみましたが、鼻の奥《おく》にまで広がる香《こう》辛料《しんりょう》にむせてしまいました。それを見て、男が太った体をゆらして、ごうかいに笑いました。

「わはは。おれはウォルシュケだ。よろしく」

差しだされた手をにぎりかえしながらも、カールは顔をしかめました。

「ここでは、こんなものばかり食わされるのか？　これは捕虜《ほりょ》の虐待《ぎゃくたい》ではないのか」

「いや。むしろ、気をきかせているつもりなのかもしれん。おれたちが外国人だから、カレーをよろこぶだろうと」

そういうと、ウォルシュケはまた笑いました。

「カレー以外は、まあまあ食えるさ。夕食には肉が出るし、酒保《しゅほ》では、ビールも飲める。おれにつくらせてくれりゃ、本場ドイツのウインナーを食わせてやれるんだがね」

ここに来て、最初のうちは、気を張《は》りつめていたカールでした。敵《てき》の国にとらわれているのです。日本兵がいつなんどき、きばをむいてもいいよう、浅い眠《ねむ》りのさいちゅうも、神経《しんけい》をピリピリさせていました。

ところが、日本兵はいっこうに、不都合なことをしてくるようすはありません。捕虜《ほりょ》の強制《きょうせい》労働、虐待《ぎゃくたい》を禁止《きんし》し、ひとりの人間として尊重《そんちょう》することを定めた、当時の国際的《こくさいてき》な取りきめであるハーグ条約《じょうやく》を、日本は守っているようです。

捕虜には、給料が支給《しきゅう》されました。ウォルシュケのいっていた〝酒保〟というのは、バーのようなものです。ここでビールを飲んだり、たばこやくだもの、日用品などを購入《こうにゅう》したりすることもできました。

収容所《しゅうようじょ》に、日本人が働いていました。彼《かれ》らは毎日決まった時間に食事を用意し、ふろをたき、物品の補充《ほじゅう》などの仕事をたんたんとこなします。まにあわせの建物ながら、収容所は清潔《せいけつ》にたもたれています。日本人の規律《きりつ》正しさには、自分たちドイツ人に近いものをカールは感じるようになりました。ふろたきのやせっぽちの青年に、「たけたで」とひとなつこい笑顔《えがお》で声をかけられたときは、つい、笑いかえしそうになるのでした。

収容所で捕虜がしなくてはならないことは、朝夕の点呼《てんこ》と、週一回の健康診断《しんだん》だけでした。ここに連行された当初の緊張《きんちょう》が薄《うす》らぐと、カールは時間をもてあますようになりました。

思えば、少年のころから菓子職人《かししょくにん》をめざし、ひたすら修業《しゅぎょう》をし、ずっと働きどおしでした。仕事が休みの日にも、家の修理《しゅうり》や、新しい菓子《かし》のレシピをつくったり、やることはいくらでもありました。今はまるで、ぽっかり空いた時間に放りこまれたようです。

夕暮《ゆうぐ》れに、収容所《しゅうようじょ》のどこからか、バイオリンの音色がものさびしく流れてきます。故郷《こきょう》の音楽に、エリーゼへの思いがつのります。

退屈《たいくつ》を解消《かいしょう》するよう、収容所では、捕虜《ほりょ》による運動会や音楽会がもよおされました。捕虜の中には、研究者や学校の先生なども多数ふくまれていたことから、彼《かれ》らが講師《こうし》となり、語学、数学、建築《けんちく》、工学、法学、経済学《けいざいがく》、歴史《れきし》など、さまざまな講義《こうぎ》もおこなわれていました。

しかし、カールはといえば、ぽっかりと空いた時間の中で、もの思いにしずむばかりでした。

(身重のエリーゼをひとり、残してきてしまった……。そばにいると約束したのに)

高い壁《かべ》と鉄条網《てつじょうもう》の上の、青島《チンタオ》につながる空をうつろに見つめながら、深いため息をつくのでした。

十二月のある日の午後、おおぜいのどなり声と物音に、カールは廊下《ろうか》に飛びだしました。十数人の捕虜が、だれかを取りまいて、もめているようです。するどい警笛《けいてき》がひびき、日本兵たちがかけつけました。

興奮《こうふん》し、まだどなり声をあげている者たちが次つぎに、日本兵たちに取りおさえられました。目の上をはらし、ほおにすり傷《きず》をつくったひとりの男が、日本兵に両わきをささえられ、ふるえながら立っていました。その足もとには、小石やみかんの皮が落ちています。

「アニセット・ベッカーだ」

カールの横で騒《さわ》ぎを見物していた男がいいました。

「彼がどうかしたのか？」

「見てのとおり、袋《ふくろ》だたきにあったんだよ」

「なぜ？」

「ベッカーのやつ、おれたちの敵《てき》のフランスへ帰化《きか》を申しでたのさ」

「フランスに？」

「そうさ。フランス人になるから、解放《かいほう》してくれってよ。ドイツの景気がいいときは、自分はドイツ人だといい、ドイツがやばくなるとフランスに逃《に》げこんで、のうのうと暮《く》らすってわけだ。そんなやつ、やられて当然さ」

男がはきすてるようにいいました。

帰化とは、国籍《こくせき》をよその国に移《うつ》すことです。ベッカーの故郷《こきょう》のエルザス・ロートリンゲン地方は、ドイツとフランスの境《さかい》にある土地で、紛争《ふんそう》のたびに国境《こっきょう》が移動《いどう》しました。

閉鎖《へいさ》された場所で、弱い人間をよってたかってやり玉にあげるようなことに、カールはたまらない気分でした。くさった空気がまわりに充満《じゅうまん》するようで、とにかく、人のいない場所に身を置きたい気持ちでした。

図書室に入り、後ろ手に引き戸をしめると、「はあっ」と息をはきだしました。

「どうしたね、新入りくん」

思わず、びくりと身をすくませました。この時間にはみんな酒保《しゅほ》にいて、こんなところにはだれもいないだろうと思っていたのです。

書架《しょか》のあいだから開いた本を手に、姿《すがた》をあらわしたのは、まったく兵士《へいし》らしからぬ風情《ふぜい》の男でした。メガネの奥《おく》でほほえむ目は、おだやかさと知性《ちせい》をたたえています。

「わたしはオートマー。収容所《しゅうようじょ》とは案外、勉強をするにはいいところだよ。きみは、最後に連れてこられた二十八名のうちのひとりだったね」

「カール・ユーハイムです」

オートマーはあきらかに、先ほどの殺気《さっき》立った連中とはちがう空気をまとっていました。

ハインリヒ・オートマーはフランス語、ギリシャ語、中国語、日本語など数か国語を話し、経済学《けいざいがく》にもたけ、収容所《しゅうようじょ》では語学の講習会《こうしゅうかい》を開催《かいさい》していました。その博識《はくしき》ぶりは、収容所内でも一目置かれていました。捕虜《ほりょ》になった大商人たちが経済の相談などに、オートマーの宿舎《しゅくしゃ》を訪《おとず》れるほどです。

「また、ひと騒《さわ》ぎあったようだね」

まるで、カールの心を見すかしたように、オートマーがいいました。

「ここではだれもが、うっ憤《ぷん》という爆弾《ばくだん》をかかえている。そしてつねに、爆発させる機会をさがしているんだ」

「うっ憤のはけ口になったんじゃ、彼《かれ》が気《き》の毒《どく》だ」

「ベッカーは望みどおり解放《かいほう》され、フランスに送られるだろう。そのやっかみもあるのさ。劣勢《れっせい》のドイツの行く末は厳《きび》しいからね」

「そんな、劣勢だなんて……」

「失礼。口がすべった」

オートマーはすました顔でいいました。

その数日後に、またしても、暴行事件《ぼうこうじけん》が起きました。被害《ひがい》にあったのはリヒャード・トロイケでした。青島《チンタオ》のドイツ人家庭に保母《ほぼ》としてやとわれていた日本人のソノとのあいだに、子どもが三人ありました。日本に帰化《きか》を願いでたことが、どこからともなくもれたのです。このことがドイツ捕虜たちの反感を買いました。

一年過《す》ぎるあいだに、何度か脱走《だっそう》事件がありました。使っていない棟《とう》が十五棟も焼けるという火事も起こりました。戦争は、いつはてるともなくつづきます。捕虜の生活にも終わりは見えません。

収容所では、退屈《たいくつ》からくる捕虜のストレスを発散させるために、収容所内で賃金《ちんぎん》を得《え》ることのできる仕事がつくられました。

はじめのうちは支給《しきゅう》されていた食事も、賃金をもらって、捕虜たちで調理するようになりました。日本人の業者がおろしていたパンはまずいと評判《ひょうばん》でしたが、これも、その年の秋には、収容所《しゅうようじょ》にパン焼《や》き窯《がま》が設置《せっち》され、自分たちでつくるようになります。

パン職人《しょくにん》のプレヒトとノットブッシュは、腕《うで》の見せどころと張《は》りきりました。

「なあ、ユーハイム。あんたは菓子屋《かしや》だそうじゃないか。ここで、店は出さないのかい？」

「どんな菓子を売ってたんだい？」

ふたりが口ぐちにいいました。

「人気があったのは、バウムクーヘンだ」

カールの答えに、パン職人たちの顔がかがやきました。

「おお、バウムクーヘンか。長いこと食ってないな」

「それって、ここでつくれないのかね」

「無理だよ。設備《せつび》がないのだから」

バウムクーヘンを焼くには、特別なオーブンが必要です。しかし、つくることのできないバウムクーヘンを、いちばんつくりたがっているのも、カール自身。そのことは自分でもよくわかっていました。バウムクーヘンは、マイスターだからこそつくることのできる菓子です。

（ああ、いつになったら家族のもとに帰って、また菓子をつくれるんだろう）

青島《チンタオ》にいる妻《つま》のエリーゼは、一歳《さい》になったばかりの息子をかかえ、ドイツ政府《せいふ》から支給《しきゅう》されるわずかなお金で暮《く》らしています。

（エリーゼは苦労をしているのではないだろうか）

しずんでいくカールの気持ちをわかってやれたのは、ここで最初にカールに声をかけ、カレーのことを教えてやった食肉加工職人のヘルマン・ウォルシュケでした。ウォルシュケは収容所で、腸詰《ちょうづめ》ウインナーの軽食屋をはじめていました。文句《もんく》のないおいしさと、そのおおらかな人がらで、店は収容所内で大好評《だいこうひょう》でした。そして、ウォルシュケもまた、マイスターの称号《しょうごう》をもつ根っからの職人でした。

じっとふさぎこむことの多くなったカールを、ウォルシュケは心配しました。

「オートマー教授《きょうじゅ》、いるか？」

ウォルシュケが、オートマーの部屋をのぞきました。オートマーは、読んでいた本を置き、手招《てまね》きしました。

「どうだろう、最近のユーハイムはますます元気がないようだけど」

「そうだな、無理もない。生まれた子どもにも会わずじまいなのだから」

「それにしても、一日、なにをするでもなく、ぼんやりすわっている。まるで老人だ」

「人を目覚めさせるには、仕事が必要だ。それが今の彼《かれ》にはたりない。気《き》の毒《どく》だがね」

「せめて、なにか気晴らしになることがあったらいいのだけど」

「ふむ。まずは、運動にさそってみてはどうだろう。この前の火事で焼けた建物あとに、サッカー場が完成したことだし」

オートマーの提案《ていあん》に、ウォルシュケの目はかがやきました。

「なるほど。ユーハイムはでかいし、がっちりしたいい体をしている。ゴールキーパーに最適《さいてき》だ。さっそく、グラーザーに相談してくるよ」

サッカーチーム主将《しゅしょう》のグラーザーは、ウォルシュケの食堂《しょくどう》のお得意《とくい》さんです。

その後、サッカーチームでゴールキーパーをつとめるカールの姿《すがた》が見られるようになりました。


十二月になると、収容所《しゅうようじょ》に届《とど》けられる郵便物《ゆうびんぶつ》の量がぐっとふえました。残してきた家族からクリスマスプレゼントの小包やカードが各地から届けられるのです。

家族と離《はな》れて過《す》ごす、二度目のクリスマスでした。

クリスマスイブには、収容所のいちばん広い部屋の中央に、ひいらぎの木が立てられ、リボンや人形でかざられました。

将校《しょうこう》のひとりが聖書《せいしょ》を朗読《ろうどく》し、ミサを終えたあと、みんなは思い思いに楽しみました。酒保《しゅほ》ではたくさんのビールが開けられ、捕虜《ほりょ》たちによる喜劇《きげき》が演《えん》じられました。

カールはひとり、ひいらぎの木の前にひざまずき、祈《いの》りました。そして、心の中で家族に語りかけました。

(エリーゼ、早く会いたいよ。カールフランツは元気に育っているだろうか。パパはいつも、おまえを愛しているよ)

年が明け、収容所《しゅうようじょ》は、どこかうきたっていました。

大阪収容所がまるごと、よその土地に移転《いてん》することになったのです。この収容所はもともと、コレラやペストなど病人を隔離《かくり》するためにつくられた建物でした。日本でインフルエンザが流行《はや》りそうな気配に、ここを空けておく必要が出てきました。このころ、日本にあった俘虜《ふりょ》収容所は、千葉県習志野《ならしの》、愛知県名古屋《なごや》、兵庫県青野原《あおのはら》、徳島県板東《ばんどう》、福岡県久留米《くるめ》、そして広島県似島《にのしま》の六か所にまとめられます。

収容所《しゅうようじょ》から収容所に移《うつ》るだけのこととはいえ、別の土地への移動《いどう》は、捕虜《ほりょ》たちの気持ちを刺激《しげき》しました。

それに、似島をふくむ数多くの島じまがある瀬戸内海《せとないかい》の景色は、たいへん美しいと伝えられています。酒保《しゅほ》では、似島移転の話でもちきりでした。ふだん、倹約《けんやく》しているカールも、まわりにつられてつい、酒保でビールを一杯《いっぱい》注文しました。

「おい、教授《きょうじゅ》。飲んでるときぐらい、本を放しちゃどうかね」

ウォルシュケが、あきれ顔でオートマーにいいました。

「いったい、なにが書いてあるんだい？」

カールは本をのぞきこみました。びっしりならんだ複雑《ふくざつ》な形の文字に、まるで解《と》けないパズルのようだと思いました。

「これは〝万葉集《まんようしゅう》〟だよ。千年前に書かれた日本の古い詩さ」

「ほおっ」

ふたりが感心して声をあげたとき、まわりがいっせいに立ちあがりました。みんなは酒保に入ってきたハッス中佐に向かって、敬礼《けいれい》しています。カールたちもあわてて、立ちあがりました。グスターフ・ハッス海軍中佐は、大阪収容所にいるドイツ兵の最高位にありました。

テーブルについたハッス中佐は、日本の新聞を開きました。読みすすめるうち、その形相がみるみるけわしくなり、手がふるえだしました。部屋の空気はたちまち、ピリピリとした緊張感《きんちょうかん》をおびました。

そしてとうとう、たえかねたようにハッス中佐が立ちあがり、さけびました。

「アメリカめが！」

ハッス中佐がテーブルにたたきつけた新聞に書かれてあったのは、アメリカがドイツとの国交を断絶《だんぜつ》するという記事でした。これまで参戦していなかったアメリカは、中立の立場で、郵便物《ゆうびんぶつ》の中継《ちゅうけい》など、各国のあいだを取りもっていました。その巨大《きょだい》な国アメリカまでもが、ドイツの敵《てき》になったのです。ドイツが戦争に勝利する確率《かくりつ》は、これでほぼ絶望的《ぜつぼうてき》になりました。

オートマーがドイツ語に訳《やく》しながら読みあげる新聞を、みなは神妙《しんみょう》な面持ちで聞きました。

重苦しい空気の中、だれともなく、ドイツ国歌を歌いはじめました。歌は低く強く、合唱になり酒保《しゅほ》をつつみました。

ビンの底に残っていたビールは、どうしようもなく苦く、カールには飲みほすことがで

きませんでした。

【似島《にのしま》】

一九一七年二月十八日の朝、捕虜《ほりょ》たちは、大阪俘虜収容所《ふりょしゅうようじょ》をあとにしました。

梅田《うめだ》駅から捕虜たちを乗せた列車は、翌《よく》十九日の早朝に広島駅に着くとそのまま、当時は広島駅から宇品港《うじなこう》（現在《げんざい》の広島港）まで走っていた列車の車両に連結し、宇品駅プラットホームに到着《とうちゃく》しました。

総員《そういん》五百四十名あまりの大所帯です。宇品には、ドイツ兵捕虜をひと目見ようと、たくさんの見物人がおしかけました。

プラットホームにおりたった捕虜《ほりょ》を見て、広島の人びとは目を見張《みは》りました。およそ軍人らしくないかっこうをしています。腰《こし》にやかんをぶらさげた者、バイオリンやギターをかかえている者、子犬をだいた者がいるかと思えば、小鳥の入った鳥かごを大事そうにもっている者もいました。

捕虜《ほりょ》たちは船に分乗し、似島《にのしま》に向かいました。

「まるで、水墨画《すいぼくが》だな」

朝霧《あさぎり》にうかぶ島じまをながめながら、オートマーがため息をつきました。

「あの島はまるで、フジヤマではないか」

オートマーの視線《しせん》は、似島に注がれていました。カールも景色にぼうぜんと見とれました。

まだ、光が差す前の、ひっそりとした海面を船は進みます。薄霧《うすぎり》の中をあらわれてくる島じまの、濃紺《のうこん》のりんかくがつらなって、なんとも神秘的《しんぴてき》でした。

(ここにも、水の精霊《せいれい》が住んでいるのかな)

カールは生まれ故郷《こきょう》のラインの流れに、思いをはせました。

＊

ここまで話すと、ブンさんは、ぼくたちを見回した。

「さて、こうして、いよいよ、カール・ユーハイムが似島にやってきました」

ぼくは、ほおっとため息をついた。ユーハイムが似島にたどりつくまでに、こんないきさつがあったなんて……。

今だったら、海外でなにか学んだり、商売をはじめようとするならまず、自分が「行きたい！」と思うだろう。そして、「行こう」と決めて、手続きや引っこしをはじめるんじゃないかな。でも、ユーハイムを動かしたのは、自分の思いではなかった。家族と引きはなされて、あっちこっちと連れまわされたんだ。

なんだか、ユーハイムが気《き》の毒《どく》になった。

「ここで、似島《にのしま》のことをお話ししておきましょう」

ブンさんがめくったページにあらわれたのは、古い地図だった。

「似島は広島港から約三キロ沖合にある、周囲《しゅうい》約十四キロの小さな島です。ユーハイムがやってきた当時、島民が七百人ほど住み、漁業、農業を営《いとな》んでいました」

やっぱり、昔から静かな島だったんだなと思った次のしゅんかん、

「似島は戦争の歴史《れきし》の中で、軍の島として歩みました」

頭の中に、すぐには〝軍〟の文字がうかばなかった。今の似島にまったくにあわない。

「第一次世界大戦の二十年前に起こった日清《にっしん》戦争の時代に、似島に陸軍検疫所《けんえきじょ》が設置《せっち》されました」

そういったあと、ブンさんはすぐに、ぼくたちにわかりやすいよう、いいなおしてくれた。

「検疫所とは、兵士《へいし》や馬を消毒《しょうどく》する場所です。外国から日本に帰ってきた兵士たち

が、国内にコレラなどの病気をもちこまないよう、いったん、かならず似島に寄《よ》り、検査《けんさ》、消毒されました。兵士は消毒薬の入ったおふろに入って、すっかりきれいになってから、船で宇品港《うじなこう》……、今の広島港にもどっていきました」

軍の島といっても、この小さな島から爆弾《ばくだん》が打ちだされたわけではないらしい。

「似島は、百万人規模《きぼ》の兵士を受けいれた、世界最大級の検疫所でした。その検疫所の一部が、ユーハイムたちドイツ兵捕虜《ほりょ》たちの収容所《しゅうようじょ》にあてられました。ちょうどここ、少年自然の家のある場所です」

つづくブンさんの言葉は、さらに衝撃《しょうげき》だった。

「広島は軍の都、軍都でした。広島城には、大本営《だいほんえい》という戦争の命令を出す中心機関が置かれたこともあります。それに、兵器や軍服をつくる工場など、兵隊を送りだすための施設《しせつ》が集中したためです」

この静かな似島が〝軍の島〟で、広島は〝軍都〟だった。でも、ぼくの知っている広島は、カープが試合に勝てば、父さんがきげんよくビールを飲みほす日常《にちじょう》。世界中からおおぜいの人たちが訪《おとず》れ、祈《いの》りをささげる平和記念公園……、そんな町。

5 バウムクーヘンと広島

【号外が出る】

似島収容所《にのしましゅうようじょ》には宿舎《しゅくしゃ》のほか、厨房《ちゅうぼう》やパン工房、ふろ場、テニスコート、運動場などがありました。そして、ここにも大阪と同じように、捕虜《ほりょ》には自由な時間があまるほどありました。

しかし、いつ解放《かいほう》されるともわからない、とらわれの身であることは変わりません。収容所の山側は鉄条網《てつじょうもう》で囲《かこ》まれ、海側は背《せ》の高い黒板塀《くろいたべい》で囲まれていました。海側が目かくしされたのは、似島の周辺に、海軍兵学校のある江田島《えたじま》、海軍の港である呉港《くれこう》などがあったためです。敵国《てきこく》の捕虜《ほりょ》に、軍の秘密《ひみつ》を見せることはできないというわけです。

夏になれば、トタン張《ば》りの屋根に、強烈《きょうれつ》な日光が照りつけました。海側をおおう黒板塀《くろいたべい》に風がさえぎられ、暑さが倍増《ばいぞう》します。

「せめて、あの黒板塀を取っぱらってくれないかな」

宿舎《しゅくしゃ》わきにこしらえた花壇《かだん》に水をやりながら、オートマーがつぶやきました。花壇には、色あざやかなダリアが咲《さ》きほこっています。

「ほんとうに。ありゃ、うっとおしいったらない」

ウォルシュケが首にかけたタオルで、ほてった顔をなでながら、あいづちを打ちました。

「あんたが植えてくれたアサガオが、ちったあ、窓《まど》の日よけになるが、うっとおしいのはあの黒板塀だ。あんなものは、ふろ場のたきつけにしちまえばいい」

そんな不満が高まるころ、似島俘虜収容所《にのしまふりょしゅうようじょ》の菅沼《すがぬま》所長は場所と時間を決めて、捕虜が海岸を散歩することを許可《きょか》しました。散歩をするためにドイツ兵たちは、自分たちで道を一キロにわたって整備《せいび》しました。

似島での捕虜生活が、一年半を過《す》ぎたころ、ユーハイムの精神《せいしん》をまた、じわじわと追いこむできごとが起こりはじめます。

またもめぐってきた夏のうだるような暑さの中で、四人の捕虜が脱走《だっそう》をくわだて、逮捕《たいほ》されました。四人は宿舎の裏山《うらやま》の耕作《こうさく》をしながら、ひそかに竹を切り、いかだをつくってかくしていました。八月はじめの夜、鉄線柵《てっせんさく》をくぐりぬけ、いかだで逃亡《とうぼう》しようとしたところを集落でつかまり、刑務所《けいむしょ》に送られました。

そんな騒《さわ》ぎがあったかと思うと、スペイン風邪《かぜ》が世界中で猛威《もうい》をふるいはじめました。全人類の三割《さんわり》近くが感染《かんせん》し、死者は五千万人ともいわれています。これは、第一次世界大戦の戦死者約一千万人をはるかに上回る数です。当時の世界の人口が十八億ほどですから、想像《そうぞう》を絶《ぜっ》する死者の数でした。

（エリーゼは無事なのか。小さなカールフランツが感染《かんせん》したらどうしたらいいのだろう。どうしてこんなとき、ぼくはふたりのそばにいてやれないのか）

カールに捕虜《ほりょ》となることを告《つ》げる通達が届《とど》いたときの、エリーゼの悲鳴が耳によみがえります。

エリーゼはどんなにか不安な気持ちでいるだろう。小柄《こがら》な妻《つま》がおさない息子をかかえ、懸命《けんめい》に生きている姿《すがた》を思いうかべると、たまらない気持ちになるのでした。

じょじょに口数の減《へ》ったカールは、酒保《しゅほ》にも姿を見せなくなり、宿舎《しゅくしゃ》に引きこもるようになりました。

夏が過《す》ぎ、山が赤く色づくころになっても、カールはウォルシュケの軽食屋にも、あらわれません。

カウンターでぼんやり、めがねをふいていたオートマーに、ウォルシュケが話しかけました。

「なあ、教授《きょうじゅ》。カールが心配だな。この前、ちらりと見かけたときは、えらく顔色も悪かった。やつは、体がでかいわりに、心は繊細《せんさい》なんだ。もう、大阪のときのように、サッカーで気をまぎらわすのも通用しないようだ」

「無理もない。わたしでさえ、あの脱走騒《だっそうさわ》ぎで畑仕事の楽しみをうばわれ、くさくさしているのだから」

オートマーは、似島《にのしま》に来て、収容所裏《しゅうようじょうら》の丘《おか》に耕作地《こうさくち》を与《あた》えられ、野菜を育てる楽しみを見出していました。それが、耕作地の竹を使った脱走事件《じけん》以来、ふうじられてしまいました。

「ああ、大切に育てたわたしのトマト。まだじゅうぶん、収穫《しゅうかく》できたものを……」

そのとき、オートマーのため息をかきけして、騒《そう》ぞうしい足音が廊下《ろうか》をかけてきました。

「おい、号外だ、号外！」

大きな声もあがります。

「号外だ。酒保《しゅほ》に集まれ！」

収容所《しゅうようじょ》で発行されている「似島《にのしま》収容所新聞」が、酒保の壁《かべ》にはりだされました。見出しは、「休戦条約締結《じょうやくていけつ》さる」。

ドイツ軍は休戦協定を結びました。負けを認《みと》めたのです。事実上、第一次世界大戦の終わりです。一九一八年十一月十一日のことでした。

戦争の終わりをうわさする言葉はさざ波のように、カールの部屋にも届《とど》きました。

カールは横たえていた重い体を起こし、廊下《ろうか》を進みました。途中《とちゅう》、目を向けた洗面所《せんめんじょ》の鏡に、落ちくぼんだ目をぎょろりとさせたひげ面の男が映《うつ》って、ぎょっとしました。

酒保にたどりつくと、みんなの顔には、ドイツが負けた悲しみの中にも、どこかほっとした表情《ひょうじょう》がありました。

新聞がはりだしてあります。カールは自分にいいきかせるように、ゆっくりと言葉をはきだしました。

「戦争が……、終わった」

エリーゼに会える。小さな息子に会える。そう、カールは心の中でくりかえしました。

戦いが終わったとはいえ、捕虜《ほりょ》が解放《かいほう》されるのは、もう少しあとのこと。戦争をおこなった国と国とのあいだで、取り決めがかわされて、ほんとうの終戦ということになります。しかし、ここから確実《かくじつ》に、収容所にはより自由な風が吹《ふ》きはじめます。

【風がかわる】

一九一九年一月には、似島の対岸、宇品港《うじなこう》からほど近い広島高等師範《しはん》学校

（現在《げんざい》の広島大学）のグラウンドで、日本初のサッカーの国際親善《こくさいしんぜん》試合がおこなわれました。対戦したのは、似島収容所《にのしましゅうようじょ》のドイツ兵捕虜《ほりょ》チームと、地元の四校の学生チームでした。結果はドイツチームの圧勝《あっしょう》でした。

　ウォルシュケは当時、広島市広瀬町《ひろせまち》にあったハム製造《せいぞう》会社酒井《さかい》商会で、ハム製造の技術指導《ぎじゅつしどう》をしました。広島高等師範《しはん》学校でのサッカーの交流試合に出場したアーペルは広島電気製作所に通い、解放後《かいほうご》はここにやとわれます。

　このころ、似島収容所に日本とドイツの親善のための、捕虜による作品展《てん》覧会《らんかい》の話がもちあがります。

　捕虜の中には、菓子職人《かししょくにん》のユーハイムや食肉加工職人のウォルシュケをはじめ、家具職人、大工、建築家《けんちくか》、ビール醸造《じょうぞう》職人、くつ職人、パン職人、金銀細工師、皮なめし工、自動車製造に飛行機の機関士《きかんし》など、さまざまな技術者がふくまれていました。その技術を、日本の人びとに披露《ひろう》しようというのです。

場所は当時、広島でもっとも注目される建物、広島県物産陳列館《ちんれつかん》です。物産陳列館は、一九一五年八月十五日に開館しました。ちょうど、カールが捕虜《ほりょ》として、日本に連れてこられた年のことです。

三月四日から十三日にかけてもよおされる予定の展覧会まで、あと二か月もありません。収容所は、がぜん活気をおびてきました。作品は販売《はんばい》され、自分たちの収入になります。捕虜たちは、身のまわりにあるものに創意《そうい》工夫をこらし、あらゆる作品をつくりだしました。

たばこの包み紙を集めてまわっている者がいます。

「なんだ？　こんなもの、なんに使う」

「アルミ箔《はく》をとかして、文鎮《ぶんちん》にするのさ」

飲みほしたビールびんの中には、びんの口から差しこまれたピンセットで、船の模型《もけい》がつくられています。帽子屋《ぼうしや》は帽子のデザインをし、くつ屋は長ぐつをつくります。手編《てあ》みで壁《かべ》かけをせっせと編む者もいます。軽快《けいかい》に金づちの音をひびかせている者たちは、グループでおおがかりな建物模型《もけい》をつくりはじめています。

その音にさそわれるように、カールがひさびさにウォルシュケの軽食堂《けいしょくどう》に顔を見せました。

「いよう、カール!」

厨房《ちゅうぼう》からウォルシュケが飛んででてきました。

「おお、カール・ユーハイム。ここへかけたまえ」

はしのテーブルから、オートマーが招《まね》きました。カールがちょっと照れたような顔で、オートマーの前にすわると、そのとなりに、ウォルシュケがどしりと腰《こし》をおろしました。

「まずは乾杯《かんぱい》といこう。おうい、ここへビールを三つたのむ」

厨房から「了解《りょうかい》」と、声があがりました。

「へえ、ここでもビールを出すのか。規則《きそく》でビールを許可《きょか》されている時間もとうに過《す》ぎたというのに」

規則では、ビールは酒保《しゅほ》で、午後の二時から五時までとなっています。

「規則だって？」

ウォルシュケが体をゆすって笑いました。

「われわれの解放《かいほう》は時間の問題だ。今じゃブランデーにジン、ハッカ酒もあるし、ミカンでも酒をつくっているぞ」

カールはウインナーをほおばりました。

「うまいな」

さすが、ウォルシュケのつくる腸詰《ちょうづめ》ウインナーは、本場ドイツの味です。

オートマーもつづけます。

「このぶんじゃ、ウォルシュケの店は展覧会《てんらんかい》でも大盛況《だいせいきょう》だ」

「それを願ってるよ。……そうだ、カール」

ウォルシュケが真顔になって、カールにいいました。

「あんたも出してみなよ。ドイツ菓子《がし》をさ」

「ぼくが？」

「あんたの、いちばん得意《とくい》な菓子はなんだい？」

それは、決まっています。

「でも、バウムクーヘンを焼くには、いろいろとそろえないといけないものがあるんだ。専用《せんよう》のオーブンはどうする？ 薪《まき》になる樫《かし》の木だって、この島にはないのだし……」

「知恵《ちえ》をしぼれば、なんとかなるさ」

「だいたい、バターを手に入れるあてがない。日本人にはバターを食べる習《しゅう》慣《かん》がないのだから……」

それを聞いて、オートマーが、にやりとしました。

「四国の板東収容所《ばんどうしゅうようじょ》には、富田畜産部《とみたちくさんぶ》という、ドイツ捕虜《ほりょ》のつくった牧舎《ぼくしゃ》がある。あっちに収容されている知人からの手紙によると、たしか、クリーム、バター、牛乳豆腐《ぎゅうにゅうどうふ》を製造《せいぞう》しているそうだ」

たった一杯《いっぱい》のビールが、体の中でドクドク脈《みゃく》打つのを、カールは感じました。

「これで〝あて〟はできたが、どうだい？　やってみるか？」

それでもまだ、カールはまよっています。

「しかし、もう五年近く菓子を焼いていない。腕《うで》はおとろえていないだろうか……」

カールの両肩《りょうかた》に、ウォルシュケの手ががっしりと置かれました。

「カール、戦争は終わるんだ。あんたのいちばんやりたいことは？」

菓子を焼く。

それは混乱《こんらん》の中にあるひとすじの希望の光。

五年前、菓子の消えた青島《チンタオ》の店で、胸《むね》をつらぬいた思いがよみがえってきました。

カールは顔をあげました。

その目に強い光がふたたびともったのです。

展覧会準備《てんらんかいじゅんび》のため、収容所《しゅうようじょ》はすっかり作業所になっていました。海の目かくしに使われていた黒板塀《くろいたべい》は、かっこうの木材です。

「まずは、まっすぐな心棒《しんぼう》が必要だ」

カールがさがしているのは、ケーキ生地をつけ、火にかざすための、長くまっすぐな棒です。

「いすの足はどうだい？」

ウォルシュケが酒保《しゅほ》の丸椅子《まるいす》をかかえてやってきました。ここに住むのは、あと少しのあいだです。椅子がひとつなくなっても、どうってことありません。

「角材じゃだめだ、丸くなくちゃ。それに、もっと、長さがいる」

「丸くて長い棒なら、耕作地《こうさくち》に山ほどあるぞ」

材木にうずもれた部屋のすみで、オートマーが本から目を離《はな》さずにいいました。カールとウォルシュケは顔を合わせ、同時に声をあげました。

「竹か！」

裏山《うらやま》に走りだそうとするふたりに、オートマーが声をかけました。

「竹を火にかけるなら、小さな穴《あな》を空けておくことだ！　空洞《くうどう》に熱がこもると、爆発《ばくはつ》するからな」

燃料《ねんりょう》は樫《かし》の木の薪《まき》のかわりに、炭を使うことにしました。バターも届《とど》けられました。あとは、バウムクーヘンを焼くためのオーブンです。

「オーブンの反射熱《はんしゃねつ》で焼く設備《せつび》がないなら、炭火でじかに焼いてみよう」

部屋に置かれた火鉢《ひばち》の中で、ゆるゆるとたちのぼる炭火を見つめて、カールは心を決めました。

【広島県物産陳列館《ちんれつかん》】

一九一九年三月四日。いよいよ、作品展覧会《てんらんかい》の日がやってきました。

カールは焼きあげたバウムクーヘンとともに、似島《にのしま》から出た船に乗っていました。

潮風《しおかぜ》が心地よくほおをなでます。おだやかな瀬戸内《せとうち》の海は、海というより広い川とも感じられます。

カールは知らず知らずに、歌を口ずさんでいました。

なじかは知らねど　心わびて
昔のつたえは　そぞろ身にしむ
さびしく暮《く》れゆく　ラインのながれ
いりひに山やま　あかるくはゆる

ローレライの曲に合わせるように、船はゆったりと海をわたっていきました。宇品港《うじなこう》から電車に乗りかえ、物産陳列館《ちんれつかん》のある駅に着きました。

目の前にあらわれたのは、堂《どう》どうとした西洋建築《けんちく》のモダンな建物でした。真っ白な壁《かべ》に三角屋根。その中心に緑色をしたドーム型《がた》の丸屋根が乗っています。玄関《げんかん》にまわると建物の前には、底まで見通せる水の流れがありました。

みんなが物産陳列館に品物を運びはじめても、カールは建物に見とれています。

「美しいだろう」

いつのまにかウォルシュケが、カールの横にならんでいました。

「手のこんだ仕事さ。おれもはじめて見たときは、おどろいたよ。技術指導《ぎじゅつしどう》で日本人と接《せっ》する機会があるけど、彼《かれ》らの仕事熱心さにはいつも感心する」

先に来ていたオートマーが窓辺《まどべ》で手をふっています。それにこたえた手をおろし、ウォルシュケがぽつりといいました。

「おれは、日本に残ってもいいと思ってるよ」

「えっ」

「オートマー教授《きょうじゅ》も、いったん青島《チンタオ》に帰ったあと、奥《おく》さんを連れて、日本にもどることを考えているらしい」

思わぬ友の言葉にぼうぜんとしたまま、カールはウォルシュケにうながされて、建物に入っていきました。

物産陳列館《ちんれつかん》の三階の窓《まど》から、川をはさんで向こう岸にある町が見わたせました。

いかにもにぎやかな町です。手ぬぐいを頭にかぶり、同じもようの着物を着た女性《じょせい》たちが、岸にならんでこちらをちらちら見ています。

「そこの旅館で働く人たちだろう」

オートマーが手をふると、女性たちがきゃあきゃあ笑いながら、手をふりかえしました。

「なにかいってる」

しきりに、こちらに声をかけてきます。

「あとで行きますといっているんだよ。作品展《さくひんてん》に来る気なんだろう」

オートマーは日本語でにこやかに、

「マッテイマスヨ、オジョウサンタチ」

と返しました。

物産陳列館には、どんどん作品がならべられていきました。

蒸気《じょうき》機関車や船の模型《もけい》、軍艦《ぐんかん》や漁船の模型、写真、油絵、水彩画《すいさいが》、チェス盤《ばん》、昆虫《こんちゅう》の標本、皮製品《かわせいひん》や編《あ》みもの、鳥かご、薬品の調合剤《ちょうごうざい》などなど。晴天だと男が出てきて、雨天にはかさをさした女が出てくる晴雨計《せいうけい》や、人形芝居《しばい》の人形などもあります。学者たちは教科書などを出品しました。

菓子即売所《かしそくばいじょ》で開店にそなえるカールは、やはりひとつの不安をぬぐえないでいました。当時、一般《いっぱん》の日本人には、バターを食べる習慣《しゅうかん》はほとんどありませんでした。バターを食べない日本人に、はたしてバウムクーヘンが受けいれられるのか……。

日本人とドイツ人の好みのちがいをカールが気にするのには、ひとつのできごとがありました。それは、青島《チンタオ》が戦場になっていたとき、妻《つま》のエリーゼから聞いた話です。その日、カールが家を留守《るす》にしていたときに、ドカドカとくつ音を立て、店に数人の日本兵が入ってきたといいます。

おびえて部屋のすみでだきあう、エリーゼと、おさない子どもをつれたエリーゼの友人。しかし、銃《じゅう》をかかえた日本兵が向かったのは、菓子《かし》の棚《たな》でした。わずかに残っていたチョコレートを見つけ、むちゅうでほおばります。ところが、口に入れたとたん、顔をしかめ、チョコレートをはきだしました。言葉はわからなくても、「苦い」といっているのが、表情《ひょうじょう》からわかりました。

そのとき、日本兵のひとりがこちらに目を向け、ふるえあがるエリーゼたちのそばに、ツカツカと近づいてきました。

若《わか》い兵士《へいし》はポケットからなにかを取りだし、子どもにさしだしました。手のひらにのっていたのは、とげとげした赤や青のつぶ。とっさに毒薬《どくやく》だと思ったエリーゼは「ノー！」とさけび、ふたりを後ろにかばいました。しかしそれは、毒薬ではなく、砂糖《さとう》菓子のコンペイトウでした。

エリーゼから話をきいたカールは、ほっと胸《むね》をなでおろすとともに、ドイツ人と日本人の味覚のちがいを頭のすみに入れたのでした。

こうした味覚のちがいに不安はあっても、バターを使わないバウムクーヘンなんて、ありえません。カールは日本人向けに、バターをひかえめにしたレシピをつくりました。

外が騒《さわ》がしくなってきました。窓《まど》からのぞいてみると、開門を待つ、おすなおすなの人ごみです。

開門と同時に、ワアッと人がなだれこんできました。当時、くつをぬいでぞうりにはきかえる決まりであったため、ぞうりの世話をする係の六名が、てんてこまいでした。

つのの立ったバウムクーヘンを、お客たちがふしぎそうな顔をして見ています。無理もありません。日本人がこれまで見たことも、食べたこともない菓子《かし》なのです。

カールは試食用に切りわけ、お客にさしだしました。

「オジョウチャン、オイシイデスヨ」

小さな女の子が、おずおずと手をのばします。そして、ひと口食べると、うっとりとした顔になりました。

「おいしい」

それを合図に、次つぎと試食に手をのばしたお客は、みんな、まよわずバウムクーヘンを買ってくれました。

「ドウゾ、ドウゾ、オイシイデスヨ」

獨逸菓子
バウムクーヘン

カールはすっかり、青島《チンタオ》で菓子屋《かしや》だったころに気持ちがもどっていきました。十三日に閉店《へいてん》するまで、展覧会《てんらんかい》は終日大盛況《だいせいきょう》で、会期中の総《そう》入場者は十六万人を超《こ》しました。会期中、もっとも人気があったのは菓子でした。一日に百五十円から百八十円売れました。当時のお金は今の八千倍の価値《かち》があるので、現代《げんだい》のお金にすると菓子だけで一日ざっと、百二十万円から百五十万円近くの売りあげということになります。

こうして、日本にはじめて登場したバウムクーヘンは大好評《だいこうひょう》で、受けいれられたのでした。

＊

ブンさんが、いたずらっぽい目で、みんなを見わたしました。

「どうです、みなさん。バウムクーヘンが食べたくなったんじゃないですか？」

「食べたーい！」

いっせいに声があがる。

「明日はじっさいに、ユーハイムが百年前に似島《にのしま》でつくったバウムクーヘンを、いっしょにつくってみましょう」

百年前……、ドイツ人……、バウムクーヘン……。

ぼくの頭の中で、なにかがつながっていく。

（ひいじいちゃんが食べたのは、もしかして、展覧会のバウムクーヘンじゃないのか？）

百年前、ちょうどこの場所でつくられたバウムクーヘンを、子どもだったひいじいちゃんが食べた。ちょうど百年たってぼくが、そのときにひいじいちゃんが食べたバウムクーヘンを、ここでつくる。会ったこともないひいじいちゃんとつながったようで、なんだかふしぎな気持ちだ。

＊

【再会《さいかい》】

（もうすぐ、家族と会える。そして、この先も自分は菓子《かし》をつくって生きていく。大事なのは、それだけだ）

展覧会《てんらんかい》のためにバウムクーヘンを焼いた数日間のことを、自分は一生忘《わす》れないだろうと、カールは思いました。

バウムクーヘンを焼いたこの数日が、カールをすっかり目覚めさせたと、オートマーがいいました。

「きみの仕事は、まったくすばらしいね」

思わず、カールはこう答えました。

「菓子は、ぼくの神さまですから」

解放《かいほう》の日が近づくにつれ、日本に六か所あるドイツ人俘虜収容所《ふりょしゅうようじょ》では、別れをおしむように、捕虜《ほりょ》によるもよおしがおこなわれました。習志野《ならしの》収容所では、大規模《だいきぼ》なスポーツフェスティバルが開催《かいさい》されました。久留米《くるめ》収容所では、久留米高等女学校講堂《こうどう》でベートーヴェンの『第九』が演奏《えんそう》されました。

広島でも、五月に広島高等師範《しはん》学校講堂で音楽会がもよおされています。演奏曲目は、モーツァルトの『魔笛《まてき》』や、『ローレライ』『菩提樹《ぼだいじゅ》』などでした。

また、解放間近の十一月に、宮島《みやじま》への遠足もおこなわれています。

そうして、年が明けてまもなく、とうとう、似島《にのしま》俘虜収容所を去る日がやってきました。

カールには、展覧会以来、ずっと考えていたことがありました。青島《チンタオ》のエリーゼに手紙を出しました。

「広島から東京に出ます。あなたも日本に来てください」

青島ではコレラが流行しているという話を耳にしたカールは、青島にもどることは考えませんでした。そこに展覧会《てんらんかい》が、自分の菓子《かし》が日本人に通用するという自信を与《あた》えてくれました。

日本に残ることを決意したカールは、銀座《ぎんざ》にオープンする喫茶店《きっさてん》「カフェ・ユーロップ」にむかえいれられました。この店には、いっしょにウォルシュケもソーセージ製造主任《せいぞうしゅにん》としてやとわれています。

まもなく、「日本へ向けて出航《しゅっこう》する」という連絡《れんらく》がエリーゼから届《とど》きました。

一月の神戸港《こうべこう》には、身を切るような冷たい風が吹《ふ》きすさんでいました。町を見おろす六甲山《ろっこうさん》は、白く雪をかぶっています。

息を切らせ、港に向かうカールの手には、一枚《いちまい》の紙がにぎりしめられていました。一月二十五日朝七時に船が神戸に着くという、エリーゼからの電報《でんぽう》です。カールの乗った東京からの夜行列車が神戸に着いたのは、もう昼近くでした。

「エリーゼ、今いくから、待っていておくれよ」

汽笛をならして船が行きかい、港はにぎわっていました。桟橋《さんばし》にはひっきりなしに、大小の船が着き、荷物の積みおろしをする人びとが忙《いそが》しく動きまわっています。人ごみをさけながら、カールは停泊中《ていはくちゅう》の船に、次つぎと目を走らせました。青島《チンタオ》から出た、八百トンとやや小ぶりの船で、エリーゼ母子は五日間の船旅をしてきているはずです。

「すっかりおそくなってしまった。もしかして、待ちきれずにもうどこかに……」

と、そこに、桟橋をかけてくる小さな男の子がいます。

男の子はまっすぐにカールに向かってくると、「パパ！」とさけびながら、だきついてきました。

「カールフランツ？」

カールにとって、はじめて会う息子。しかし、息子はいつも、パパの写真を見ながら育ったのです。

「カール……、やっと会えた」

エリーゼもいます。吹《ふ》きつける冷たい風に、鼻の頭はすっかり赤くなり、結《ゆ》った髪《かみ》の毛《け》もほどけかけています。でも、再会《さいかい》のよろこびにかがやくその女性《じょせい》を、カールはあらためて、なんて美しいのだろうと思いました。

三人は、しっかりとだきあいました。

6

原爆《げんばく》ドームの名前

「こうしてユーハイムは、日本に洋菓子《ようがし》を伝えていくことになります」

ブンさんはファイルを閉《と》じた。

これでやっと、カール・ユーハイムはほんとうにやりたかったことができるんだ。家族にも会えてよかったと、ぼくはほっと息をついた。でも、歴史《れきし》はそんなささやかな日常《にちじょう》も許《ゆる》してくれなかったということに、次のブンさんの言葉で気がついた。

「カール・ユーハイムのつくったバウムクーヘンが、日本人にはじめて届《とど》けられた場所である物産陳列館《ちんれつかん》。これはのちに産業奨励館《しょうれいかん》と名前を変えます。そしてさらに、一九四五年八月六日。この日を境《さかい》に〝原爆《げんばく》ドーム〟とよばれるようになるのです」

夕食までの自主活動の時間も、ぼくの頭の中に、ブンさんの言葉が引っかかって、ゆらゆらゆれていた。

（原爆ドームには、名前があったんだ）

教科書とかで、しょっちゅう原爆ドームの写真を目にする。そばを通ったこともある。でも、原爆ドームにほんとうの名前と姿《すがた》があるなんて、考えたことがなかった。

原爆ドームには、名前があった。カール・ユーハイムがバウムクーヘンを披露《ひろう》し、たくさんの人が行き来するにぎやかな日々があった。

じゃあ、じゃあ、原爆ドームの対岸……、平和記念公園は、最初から公園なんかじゃなかったのか？　小学校の平和学習で平和記念公園を歩いたときも、「原爆が落ちたとき、ここはだれも住んでいない公園だったからよかったな」と思ったんだ。

ぼくはこれまで、そう信じて疑《うたが》わなかった。

夕食までの自主活動の時間、ぼくたちの班《はん》は、森の葉や木の実を集めることにしていた。これを糸でつないで、今夜のキャンプファイヤーのときに、あやつり人形をやる予定だ。

六人一班の、別の三人は、さっさと森へ向かっていった。だけど、ぼくの足は重かった。ならんで歩きながら、絵真理《えまり》はいつものように、ひとりでしゃべっている。

ブンさんの話を聞いて、バウムクーヘンに「めっちゃ興味《きょうみ》がわいた」という絵真理。将来《しょうらい》、カール・ユーハイムのようなケーキ職人《しょくにん》になりたくなったらしい。

ぼくたちのあとから、優斗《ゆうと》がついてくる。いつもなら、いちばんに飛びだしていっているはずだ。そんな優斗のようすに絵真理も気づいたようだ。

「どうしたの、岡田《おかだ》くん。なんか調子くるうなぁ」

優斗はなにか考えこむようにして、ぼそりといった。

「原爆《げんばく》ドームって、さいしょから原爆ドームじゃなかったんだよな」

あっと思った。ぼくの頭に引っかかったことが、優斗の頭にも引っかかっていたんだ。かと思うと、

「おれのひいばあちゃんは、トマトが食べられない」

といった。とつぜんのトマトの話に、ぼくと絵真理はめんくらった。

「なんでとつぜん、トマトなの」

直射日光《ちょくしゃ》をさけて、木かげのあるキャンプ場を歩いていたぼくたちは、足を止めた。まじめな顔のまま優斗が、わけのわからないことをいったのがおかしくて、ぼくたちはつい、笑ってしまった。

でも、優斗はまじめな顔のままつづけた。

「ひいばあちゃんが、この前、転んで入院したっていうから、お見舞《みま》いに行ったんだ。ちょうど、お昼を食べてるところでさ、サラダのミニトマトをよけてるんだ。食べやすいように、皮を湯むきしたやつ。おれ、好ききらいするといつも母さんからおこられてたから、ひいばあちゃんがトマトを残すのを見てさ、好ききらいはダ

メだよっていったんだ」

トマトの湯むきは、ミートソースをつくるとき、母さんがよくやるやつだ。トマトに浅く、十文字の切り目を入れ、熱湯につけると、皮がするりとむける。

「そしたら、ひいばあちゃんがいうんだ。トマトを見たら、原爆《げんばく》を思いだすんよねって」

「え？」

「熱でふくれた人の皮が、つるっとさけるのを見たもんじゃからって」

いっしゅんで、資料館《しりょうかん》で見た絵を思いだした。原子爆弾《ばくだん》の熱線で、体の皮膚《ひふ》がはじけてめくれ、布《ぬの》のようにたれさがった被爆者《ひばくしゃ》の姿《すがた》。

「戦争がはげしくなったころ、女学生だったひいばあちゃんたちは、街の建物を、毎日、こわしに行ってたんだよ。爆弾が落とされたときに、町全体に火が回らないように、建物をまびいたんだって。

原子爆弾が落とされた日、ひいばあちゃんはたまたま体調が悪くて、作業に行かなかったんだ。たおれた家からはいだし、火の海の中を必死に逃《に》げた。家族とはぐれ、人や馬の死体であふれる川のほとりで、ひと晩、過《す》ごした。作業に行ってたクラスメイトは、みんな亡《な》くなったそうだよ」

ぼくたちは言葉を失った。

「ひいばあちゃん、そんな話を、これまでだれにもしたことがなかったって。自分の子どもにも、孫にもしなかった話を、なんでおれにしたんだろう」

ひとりごとのように優斗《ゆうと》がつぶやくのを聞いて、ぼくは優斗がこのピースキャンプに参加したわけがわかったような気がした。それにくらべてぼくは、〝キャンプ〟の頭に〝ピース〟とつくわけなんて、考えてもいなかったんだ。

「原爆ドームって、最初から、原爆ドームじゃなかったんだよね」

さっき優斗がいったのと同じせりふだと、自分でも気づいていたけれど、ぼくはいった。

絵真理《えまり》が首をかしげて、ぼくを見た。笑うかなと思ったけど、笑わずにうなずいた。

「生まれたときから広島に住んでるよね、わたしもソータも、岡田《おかだ》くんも。で、原《げん》爆《ばく》ドームを知ってると思ってた。でも、知らなかったんだよね」

「うん。そう」

カール・ユーハイムがバウムクーヘンを販売《はんばい》した場所だと聞いて、ぼくははじめて、原爆ドームは最初から原爆ドームではなかったと気がついた。

あそこで、はじめてバウムクーヘンを食べた人たちの気持ちなら、ぼくにも感じることができる。おいしいと感動したその人たちは、そこに生活していた。ひいじいちゃんは、たしかに生きていたんだ。

「バウムクーヘンのおかげで、実感できたような気がする」

「ソータらしい」

絵真理《えまり》は笑うけど、ぼくの正直な気持ちだ。

「おれのひいばあちゃんがいってたけど、平和記念公園には街があったんだ。ドイツ人の展覧会《てんらんかい》を見に集まった近所の人たちって、平和記念公園に住んでいた人たちのことだよな」

今、平和記念公園は緑の森に囲《かこ》まれた、広びろとした場所だ。人びとの生活のあとは、なにも残っていない。

「昔は、本通りから商店街がつづいた、にぎやかな街だったらしいよ。お寺や、銭《せん》湯《とう》、パン屋、写真館……、映画館《えいがかん》は二軒《にけん》もあって、おしゃれなカフェもあったって。川沿《かわぞ》いに旅館がずらりとならんでいたんだ。カール・ユーハイムに手をふったのは、きっと、当時、その旅館に勤《つと》めていた人たちだよな」

その街がすっぽりとなくなった。そのわけを考えるのがこわいような気がして、ぼくたちはだまりこんだ。

翌朝《よくあさ》、朝食をすませたぼくたちは、そうそうにキャンプ場に向かった。

森の空気はしっとりしていて、鳥の声がかんだかくひびいていた。

キャンプ場ではブンさんが、コンロを用意していた。

「おはようございます」

声をかけると、ふりかえって、あいさつを返してくれた。その笑顔《えがお》に思わず、

「手伝います！」

と声が出た。絵真理《えまり》と優斗《ゆうと》も手を貸《か》してくれた。

「ねえねえ、ブンさん」

絵真理は遠慮《えんりょ》なく、ブンさんに話しかける。

「ソータはスイーツ男子なの。きょうのバウムクーヘンづくり、ものすごく楽しみにしてるんだから」

絵真理の目線の先にいるのはぼくだ。

「へえ。そうなんだ」

ブンさんもぼくを見て、にこにこしている。

「え、いや。スイーツ男子じゃなくて、ぼくはバウムクーヘンを愛する男子ですか

ら」

まったく。絵真理のおかげでまた、陸《りく》くんにしたのと同じ説明をしなくてはならない。

「ソータくんにとって、バウムクーヘンは特別なお菓子《かし》なんだね」

「はい！」

しかも、ブンさんからカール・ユーハイムの話を聞いて、なんというか、これまでよりもっと、味わって食べたいと思うようになった。そう伝えると、ブンさんの目はますます細くなって、「うれしいなぁ」と笑った。

「バウムクーヘン体験を通して、この島にかつて捕虜《ほりょ》が暮《く》らし、日本とドイツをつなぐ文化の交流があったことを伝えられたらいいなと思って、やっているよ」

まもなく、ボランティアのお兄さん、お姉さんたちも集まってきた。

ぼくたちが、炭やうちわを班別《はんべつ》にわけおわるころ、みんなが集合した。

いよいよバウムクーヘンづくりだ。ブンさんの説明がひととおり終わると、さっそく班《はん》にわかれて取りかかった。

まず、卵《たまご》を割《わ》って、卵白《らんぱく》と黄身を、別べつのボウルにわける。

ぼくと絵真理《えまり》とで白身をあわ立てるあいだに、ほかの人は黄身に砂糖《さとう》とバターを少しずつくわえてまぜる。優斗《ゆうと》はコンロの炭に火をつけ、盛大《せいだい》にせきこみながらうちわであおいでいる。

白身は固くなるまであわ立てないといけない。卵十個《こ》分の白身をあわ立てるのは、けっこう力がいる。

「わたし、マッチョになりそう～」

もうなってるよと、絵真理に向かっていいそうになるのを、あやうく止めた。

「ブンさん、これ、もうだいじょうぶですか？」

絵真理のさしだした卵白のボウルを、ブンさんはパッとひっくりかえした。

「わっ」

ぼくたちが声をあげるまえに、ボウルはもとにもどった。せっかくあわ立てた卵白が地面に落ちるかと、ひやっとした。

「うん。落ちないくらい、固くあわ立ってる。オッケー」

うふふとブンさんが笑って、絵真理も笑いだした。

「バウムクーヘンづくりって、楽しい！」

材料を合わせた黄身のボウルに、あわだてた卵白のメレンゲを入れ、さらに薄力粉《はくりきこ》をくわえてまぜあわせ、生地ができあがった。ここまでは、母さんのつくるケーキとあまり変わりない。

だが、ほんとうにむずかしいのは、生地を焼いていくところからだった。

中央をあぶった竹の棒《ぼう》に、おたまで生地を薄《うす》くたらす。ふたりが竹の両はしをそれぞれもって、炭から立ちのぼる炎《ほのお》にかざし、回しながら焼いていく。これを一回やると、ひとつ、層《そう》ができる。何度もくりかえすと、バウムクーヘン独特《どくとく》の木の年輪のようなもようになる……、はず。

この焼きかげんがむずかしい。あちこちの班《はん》から、悲鳴のような声があがる。うちの班でも、竹を回すふたりが悪戦苦闘《くとう》だ。

「こげるってば。そっち、もう少しあげてよ」

「さげないと、生焼けだよぉ」

竹を回すふたりの息が合っていないと、きれいな薄い層にならない。

「ほら、生地がたれる。早く回して」

「うわ、炭がくっつくよ」

ぼくはたまらず、声をあげた。

「ぼくがやる！」

と、そのとき。

「わたし、やる！」

絵真理《えまり》が同時に声をあげた。

竹の両はしをつかんで、ふたりで向かいあった。

優斗《ゆうと》が、液状《えきじょう》の生地が地面にたれないようボウルで受けながら、竹の中央にトロリとたらした。

「さっ！」

ふたりで同時に、竹を火の上に移《うつ》した。

火の上で竹をぐるぐる高速回転。こうすることで、生地が均等《きんとう》にのばされる。表面がほんのり焼けて、生地がまんべんなくはりついたら、じっくり焼いていく。

層がきれいに焼けて重なり、バターのかおりが立ちのぼる。

「お、うまいね」

陸《りく》くんが、ぼくたちの班《はん》をのぞいていった。

「絵真理《えまり》と颯太《そうた》くんは、バウムクーヘンのゴールデンコンビだな」

ほめられて、つい、にやけてしまった。絵真理もうれしそうだ。

「おれにもやらせて！」

絵真理が交代して、ぼくと優斗《ゆうと》で竹を回す。

「ほら、はしっこが焼けてないよ。かたむけて、そう！」

絵真理からげきを飛ばされながら、必死で竹を回す。火に顔をあぶられ、汗《あせ》だくだ。表面がきつね色に変わったら、火からはずし、絵真理が生地をかけた。

カール・ユーハイムもきっとこうやって、仲間と力を合わせてバウムクーヘンを焼きあげたのだろう。

みんなで交代しながら、つけては焼いていく作業を何度もくりかえし、とうとう、ボウルの生地を使いはたした。

ブンさんが、竹に巻《ま》きついたバウムクーヘンの両はしを切りおとした。そして、

テーブルの上に立て、トンっと打ちつけた。すると、焼けた生地は竹からはずれ、するすると落ちてきた。

「やったぁ」

焼けたところが茶色い年輪になって、ちゃんと切り株《きかぶ》になっている。年輪を数えると二十以上あった。

「さあ、焼きたてを食べてみてごらん」

切れはしを切りわけてもらって、口に入れた。熱あつのバウムクーヘンはこうばしくて、思ったとおり最高の味だった。

はじめてバウムクーヘンを食べたときのひいじいちゃんの感動が、ぼくの体を通りぬけた気がした。

残りは班《はん》のみんなでわけて、ラップにつつんだ。記念すべき自分でつくったバウムクーヘン。もったいなくて、一度には食べられない。じいちゃんといっしょに、味わって食べるつもりだ。

あとかたづけが終わって、ブンさんは木かげに、ぼくたちをすわらせた。

「さて、ユーハイムのその後と広島、そして、似島《にのしま》のことをもう少しだけ、お話ししておきましょう」

＊

【お菓子《かし》と戦争】


カール・ユーハイムとヘルマン・ウォルシュケは、東京銀座《ぎんざ》の「カフェ・ユーロップ」で働きはじめました。カールはカフェとケーキづくり。ウォルシュケは同じビルの別の階で、ソーセージやハムの製造指導《せいぞうしどう》をおこないました。

カールは熱心に、日本人の職人《しょくにん》たちに、菓子《かし》づくりの技術《ぎじゅつ》を伝えていきます。

お店では、コーヒーとともにプラム・ケーキ、シュークリーム、デコレーションケーキ、パイ、マカロン、シャーベットやアイスクリームなども出しました。当時、日本ではめずらしいものばかりです。カフェ・ユーロップはたちまち大人気のカフェになりました。なかでもいちばん人気があったのは、もちろん、バウムクーヘンです。カールはこれだけは、ほかの職人《しょくにん》にまかせることはありませんでした。

引きこもりがちの捕虜《ほりょ》時代の暗い印象《いんしょう》はすっかり影《かげ》をひそめ、もともとは陽気な人がらであったカールがもどってきました。

「ナニニシマショウカ？」

白いブラウスに黒いワンピース。白いサロンエプロンで接客《せっきゃく》しているのは、エリーゼです。

エリーゼは、厨房《ちゅうぼう》から聞こえてくる口笛に、ふっとほほえみました。カールの吹《ふ》くローレライです。バウムクーヘンの焼けるかぐわしいかおりが、カフェに流れてきました。

「カフェ・ユーロップ」での三年間の契約《けいやく》が切れるのをきっかけに、一九二二年にカールは横浜《よこはま》に「E・ユーハイム」を開店します。借金をし、やっと手に入れた自分たちの店です。みんなのがんばりで、こちらの店も、まもなくたいへん人気の店になりました。

ところが、その翌年《よくねん》の九月一日正午近く。関東を大地震《おおじしん》がおそいます。残暑きびしく、蒸《む》し暑《あつ》い日でした。突然《とつぜん》、大地がさけるような大音響《だいおんきょう》が人びとの耳をつらぬくと同時に、地面が波打つようにはげしくゆれました。

地下の工場にいたカールは、最初の衝撃《しょうげき》とともに、部屋を飛びだしました。出口にたどりついたカールに、四方からレンガ塀《べい》がなだれおちてきました。がれきに片足《かたあし》をはさまれ、どうしてもぬけません。そのあいだにも、街のあちらこちらから火の手があがりはじめます。

「カール、カール」

どこからか、エリーゼの声が聞こえます。家族のために、なんとしても、こんなところで死ぬわけにいきません。力をふりしぼって足をぬき、傷《きず》だらけでがれきからはいだしました。道路には大きな亀裂《きれつ》が走っています。建物はことごとくくずれ、舞《ま》いあがった土ぼこりで、あたりは薄闇《うすやみ》につつまれています。

やっとの思いでエリーゼのもとにたどりつき、その手を取ったとき、街には炎《ほのお》がうずまいていました。

「あの子がいないの！」

カールフランツはわずか八歳《さい》。七か月の娘《むすめ》をだいたエリーゼは、気がくるったように火の中へ飛びこもうとします。

「そっちに行ってはいけない」

その場にいあわせた人たちに、おしもどされます。エリーゼをだきかかえるカールの意識《いしき》も切れぎれのうちに、救助《きゅうじょ》にきた英国汽船に収容《しゅうよう》されました。

そして、そのまま神戸《こうべ》に運ばれました。

その日からエリーゼは毎日、横浜《よこはま》からやってくる船に息子をさがしに行きました。そして、十日後。横浜から入ってきた船に、エリーゼはとうとう、カールフランツを見つけました。フランス人の夫人に保護《ほご》されていました。

九万人もの死者を出した大震災《だいしんさい》です。とくに被害《ひがい》のひどかった東京、横浜は壊滅状態《かいめつじょうたい》でした。ユーハイム一家も、日本で築《きず》いてきたものすべて、店もお金も、なにもかも失くしていました。しかし、親子はふたたび、神戸港でだきあって、神さまに感謝《かんしゃ》しました。そして、神戸の街に、また一から、ユーハイムの店を立ちあげるのです。

神戸港にほど近い三宮《さんのみや》で店をオープンさせるというカールのもとに、震災でちりぢりになっていた職人《しょくにん》たちが、ふたたび集まってきました。

無一文からのスタートです。はかりしれない苦労がありました。近くの百貨店でも、洋菓子《ようがし》を売りだし、そちらに客を取られ、売りあげががたりと落ちたことも。そんなとき、さすがにカールも弱気になりました。

「どうしよう、このままでだいじょうぶなのかな」

カールがくよくよしたようすを見せると、エリーゼはこう返しました。

「わたしたちは横浜《よこはま》で、一生分の悲しい思いをしたわ。でも、わたし、立っていますよ」

妻《つま》の、凛《りん》とした言葉に、カールは自分を信じる強さを取りもどすことができました。

菓子《かし》の原料はつねに一流のものを仕入れ、国内でよいものが手に入らなければ、ラム酒はジャマイカから、バターはオーストラリアというふうに、外国から取りよせました。

神戸港《こうべこう》は当時からすでに、世界的な国際貿易港《こくさいぼうえきこう》として発展《はってん》しており、四十六か国の外国人の暮《く》らす街でした。カールをしたう職人《しょくにん》たちや常連客《じょうれんきゃく》にささえられ、ユーハイムは神戸で大きく育っていきました。

いっぽうで、カール・ユーハイムが日本ではじめてバウムクーヘンを登場させた場所、物産陳列館《ちんれつかん》では、そのころ、美術《びじゅつ》の展覧会《てんらんかい》や特産物の展示即売会《てんじそくばいかい》、講演会《こうえんかい》などさまざまなイベントがおこなわれ、たくさんの人でにぎわっていました。

ところが、平和は長くはつづきませんでした。似島俘虜収容所《にのしまふりょしゅうようじょ》が閉鎖《へいさ》されて、ちょうど二十年後の一九三九年九月。ドイツ軍がポーランドに侵入《しんにゅう》したことを皮切りに、ふたたび世界中を巻《ま》きこむことになる巨大《きょだい》戦争が起こります。

第二次世界大戦の勃発《ぼっぱつ》です。

＊

「ええ……」という声とため息が、あちこちからもれた。せっかく戦争が終わったのに、たった二十年でまた戦争がはじまったというのだ。

ブンさんがいった。

「第二次世界大戦では、日本とドイツは手を組んで、アメリカやイギリス、中国などと戦いました。今回も戦争は、あらゆる国を巻《ま》きこみ、六十一もの国が参戦しました。この戦争では、捕虜《ほりょ》を人間としてあつかうという意識《いしき》は失われ、強制《きょうせい》労働でも、たくさんの兵士《へいし》が命を落としました。そして、戦場と民間の垣根《かきね》がなくなりました。民間とはつまり、ふつうに人びとが生活する場です」

＊

戦争をはじめた日本には、お菓子《かし》に材料を回す余裕《よゆう》なんてなくなっていました。菓子づくりのための砂糖《さとう》も小麦粉《こむぎこ》もバターも、仕入れることができません。青島《チンタオ》のときと同じように、カールは毎日また、兵士のためのパンを焼きました。ドイツ潜水艦《せんすいかん》の水兵のためのパンです。

おおぜいいた日本人の職人《しょくにん》は、戦争にとられていました。青年になり、ユーハイムをつぐため、仕事にはげんでいた息子のカールフランツも、ドイツ兵として戦争に行ってしまいました。

ゆいいつ店に残っていた職人の井口《いぐち》さんとふたりで、水兵百三十人分のパンを、週に三回焼きます。パンの原料はドイツ兵が、トラック二台で運んできます。工場に運びこまれた粉袋《こなぶくろ》を前に、カールはつぶやきました。

「これでケーキがつくれたらなぁ……」

ケーキのならばなくなったショーケースの向こうに、毎日、やってくる子どもたちがいます。戦争になる前、親に連れられて店にやってきて、エリーゼから、「ナニアゲマショウカ?」と、クッキーを紙ナプキンにつつんでもらった子どもたちです。子どもばかりではありません。もう、お菓子を置いていないのがわかっていながら、大人たちも店の前を通りかかるとかならず、ショーケースを悲しそうな目で見つめていくのです。

材料をはかりにかけながら、井口《いぐち》さんがいいました。

「パンの粉《こな》は、ケーキにはねばりが強すぎまさあ」

「それなら、クッキーにしたらどうだろう。サクサクした口当たりになるんじゃないかな。みんな、菓子《かし》にうえているのだよ」

「だめだめ。ないしょでそんなものをつくったら、軍にしょっぴかれますぜ」

もっともな言葉に、カールは大きな体で、しょんぼりとうなだれました。

「菓子は平和なときにしか、つくれないのだね」

パンよりバウムクーヘンを焼きたいと考えて、ふと、カールはこれと同じ思いを青島《チンタオ》でしたことを思いだしました。ゾクッとしました。家族と離《はな》ればなれになった過去《かこ》が、いっきに脳裏《のうり》によみがえりました。

「うう……」

頭をかかえ、カールはしゃがみこみました。体がブルブルふるえ、冷《ひ》や汗《あせ》が流れます。閉《と》じられたはずのふたをつきやぶって真っ暗な闇《やみ》があらわれ、そこらじゅうにあふれだすのをカールは感じていました。逃《に》げだそうにも、動くことすらできないのです。

アメリカの攻撃《こうげき》は、日に日にはげしくなっていきました。

一九四五年六月五日。アメリカの戦闘機《せんとうき》が神戸《こうべ》の街に大編隊《だいへんたい》でやってきて、焼夷弾《しょういだん》を無数に落としました。焼夷弾は、火事を起こさせる爆弾《ばくだん》です。爆弾はザーッと、まるで夕立ちのような音を立て、町にふりそそぎました。

ちょうどその前日にユーハイム一家は、友人にさそわれて、六甲山《ろっこうさん》にある友人の別荘《べっそう》に疎開《そかい》していました。ケーブルカーであがってきた、標高約五百メートルの山頂《さんちょう》から見下ろす町は、爆音とけむりにつつまれていました。その爆撃の振動《しんどう》は、山をゆさぶりつづけました。

ユーハイムの店と工場のあった三宮《さんのみや》も焼野原となりました。ただ、工場だけは、ぽつんと焼けのこりました。しかし、カールにはもう、店を再建《さいけん》することはできませんでした。

二度目の大戦の足音が近づくころから、カールはじょじょに、身体とともに精神《せいしん》を病《や》んでいました。鞍《くら》もつけない馬に乗って、街中を歩きまわるというような突飛《とっぴ》な行動からはじまり、ありもしないことをほんとうだと思いこみ、暗い顔で自分の内に閉《と》じこもるようになりました。ウォルシュケやオートマーたちが見たら、捕虜収容所《ほりょしゅうようじょ》時代を思いうかべたことでしょう。

一九四五年八月十四日。カールとエリーゼは、六甲山《ろっこうさん》のホテルで静養していました。

真夏といえど、六甲山山頂《さんちょう》に建つホテルには、すずやかな風が吹《ふ》いていました。空襲《くうしゅう》の爆音《ばくおん》もありません。静かな午後でした。

安楽椅子《いす》に腰《こし》かけたカールの視線《しせん》が、自分に向けられているのにエリーゼは気づき、はっとしました。そのあたたかく、やさしい目は、心を病む以前

の夫のものです。なつかしい夫がもどってきた。そう思うと、これまでの心配ごとも、苦労も消えるようないっしゅんでした。

「戦争が終わるよ」

おだやかに、カールはいいました。

終戦の一日前のことです。まだ、世の中のだれも、次の日に戦争が終わるなんて知りません。

「わたしは死にます。でも、すぐに平和が来るから」

そういうと、心から安心したように、カールは椅子《いす》に深ぶかと体をうずめました。閉《と》じた目に笑《え》みをうかべ、五十八年の人生を終えたのです。

＊

ブンさんの話はつづいた。

「広島のことをお話ししましょう。

同じ年の一九四五年八月六日、午前八時十五分。

アメリカの戦闘機《せんとうき》から投下された一発の原子爆弾《ばくだん》が、広島の上空、高度六百メートルで核分裂《かくぶんれつ》爆発をおこします。このとき生まれた火の玉は、爆発の一秒後、直径二百八十メートルにまでふくれあがります。その中心温度は摂氏《せっし》百万度以上。太陽の表面よりも熱い火の玉は、爆心地の人びとを蒸発《じょうはつ》させました。その直後、強烈《きょうれつ》な衝撃波《しょうげきは》が襲《おそ》い、半径二キロの木造住宅《もくぞうじゅうたく》を全壊《ぜんかい》させます。爆発からこの間、わずか十秒のできごとでした。

放射線《ほうしゃせん》、熱線、爆風により壊滅状態《かいめつじょうたい》になった広島の街を、炎《ほのお》が焼きつくしました。

原子爆弾をほぼ真上から受けた広島県産業奨励館《しょうれいかん》は、爆風と熱線をあび、丸屋根から炎をふきあげ大破《たいは》し、「原爆ドーム」になりました。

当時、三十五万人の人が広島市にいて、このうち十四万人の人が、原子爆弾でこの年の末までに亡《な》くなったといわれます。

原爆《げんばく》が炸裂《さくれつ》してからは、似島《にのしま》の検疫所《けんえきじょ》は臨時《りんじ》の病院になりました。

小さな島には、目も当てられぬほどのひどいやけどを負った人たちが、船で次からつぎへと運びこまれます。収容《しゅうよう》人数五百名の検疫所は、たちまち一万人ほどの患《かん》者《じゃ》であふれました。軍医たちは寝《ね》る間もおしんで治療《ちりょう》にあたりますが、薬は四日後には底をつき、ほとんどの人が似島で亡《な》くなりました」

ひっそりとした木立の中で、ブンさんの声だけが伝わってくる。

「カール・ユーハイムが、はじめてバウムクーヘンを日本人に紹介《しょうかい》した建物。日本で菓子《かし》の店を開く出発点となった産業奨励館《しょうれいかん》の消失と、時期をほぼ同じくして、カールは亡くなりました。ですが、〝ユーハイム〟はふたたび復活《ふっかつ》します。カールの思いをつぐ職人《しょくにん》さんたちが集まって、エリーゼとともに店を再建《さいけん》していくのです」

手の中でバウムクーヘンが、ふわっとかおった。

「これで、ぼくの話は終わりです。さて、ぼくの話した似島でのいろんなことを、ずっと見てきたものが、ここにいます。ほら、見あげて」

ブンさんの指さすぼくたちの頭上には、大きなクスノキが枝《えだ》を広げて木かげをつくってくれていた。

「百二十歳《さい》になるクスノキじいさんです。クスノキじいさんは、カール・ユーハイムが似島に連れてこられた日も、バウムクーヘンを焼いた日も、見ていました。ひとつの戦争が終わり、また次の戦争がはじまって、原子爆弾《ばくだん》が炸裂したことも知っています。これからみなさんがつくる未来も、見ていますよ」

木は、風にサラサラと葉音を立てた。

似島はぼくが思っていたような、お菓子の国ではなかった。

〝軍の島〟の検疫所。ユーハイムのいたドイツ人俘虜《ふりょ》収容所。被爆者《ひばくしゃ》一万人を受けいれた野戦病院。ぼくが今、立っているこの場所。その全部が、同じ場所なんだ。全部がほんとうに起こったこと。

昼食までは休憩《きゅうけい》時間になり、みんなは散らばっていった。でも、ぼくは、クスノキじいさんの下から離《はな》れることができないでいた。

作業着で、コンロの炭を集めるブンさんを、見るともなしに目で追った。焼けのこった炭は、まだ赤くくすぶっていた。

さっきからずっと、心の中のどこかがもやもやしていた。ぼくは、ブンさんにかけよった。

「あの……、ブンさんは、カール・ユーハイムたちが似島《にのしま》にいたとき、文化の交流があったっていいましたね」

ブンさんは仕事の手を止めた。

「そうだよ。交流は今でもつづいてるよ。ほら、あの菩提樹《ぼだいじゅ》なんて、最近、ドイツから送られてきたものだし」

グラウンドわきの、まだ若《わか》い木をブンさんが指さした。

「ねえ、ブンさん。ぼくは、似島にドイツ人捕虜《ほりょ》がいた戦争と、原爆《げんばく》が落ちた戦争は、なんだか、まったくちがうような気がするんです。どうして、あんなにちがうんだろう」

ぼくは、ブンさんに、ぼくのもやもやをいってみた。

「原爆を使った戦争に、文化の交流なんてありそうにないし」

ブンさんがうなずいた。

「きみの疑問《ぎもん》はほんとうに正しい。ちがいは、戦争がより効率的《こうりつてき》になったということです。いかに効率的に人の命をうばえるか」

「効率的に？」

「そう。一度にできるだけたくさんの人やものを破壊《はかい》できるように。そうすると、兵士《へいし》だけでなく、女性《じょせい》や子どもたちも、木や自然もすべてが巻《ま》きこまれるようになる。その変化は、たった二十数年のあいだに起こるには、たしかに大きすぎた」

（いかに効率的に人の命をうばえるか……）

胸《むね》の中でくりかえすと、ぞっとした。

「人間って、むごいね」

「そう。むごい。いちばんこわいのは武器《ぶき》よりも人の心だと、ぼくは思うよ。だけど、やさしくもなれる。やさしくも、むごくもなれるのが人間なんだ。だからこそ、平和というものは、意識《いしき》して築《きず》いていかなくちゃいけない。きみが似島《にのしま》にやってきて、それが平和を考えるきっかけになったとしたら、石をひとつ、積んだってことだよ」

「いや……、ぼくはほんとは、バウムクーヘンが食べたかっただけで」

そういいながら、はずかしくなった。自分でバウムクーヘンを愛する男子なんて名乗っておいて、店の食べくらべでバウムクーヘンを語ろうとしていたなんて。

「でもこれからは、バウムクーヘンを食べるとき、ここでのことを思いだします」

「そうか。それはうれしいなぁ」

ブンさんが笑いながら、軍手をつけた手で鼻の下をこすったら、炭の黒いひげがついた。

7 じいちゃんのお父さん

キャンプから帰った次の日の朝。ぼくはさっそく、じいちゃんの家に出かけることにした。いつもは、父さんか母さんの運転する車で行くんだけど、ふたりの休日まで待っていられない。

バスからＪＲ《ジェイアール》に乗りつぐ、一時間ちょっとの旅だ。

バスをおり、駅で切符《きっぷ》を買って、下りのＪＲ山陽《さんよう》本線に乗った。窓際《まどぎわ》の席に腰《こし》かけるとすぐに、列車は動きだした。

窓に流れる景色を見ていると、昨日まで似島《にのしま》にいたことが、もう遠い昔のような気がしてきた。

ひざのデイバッグには、似島でつくったバウムクーヘンが入っている。

じいちゃんちが近づくにつれ、車窓《しゃそう》にちらりと海があらわれた。似島が見える。広島港から見たのと、ちょうど九十度西からのながめだ。


駅につくと、改札の向こうで、じいちゃんが待っていてくれた。

じいちゃんはぼくに気づくと、にこにこして片手《かたて》をあげた。

改札を出て、線路をわたり、丘《おか》の道をあがったところに、じいちゃんの家がある。おばあちゃんは、ぼくが生まれる少し前に亡《な》くなっていて、じいちゃんはひとりで暮《く》らしていた。

「もう、ひとりで来れるんじゃのお。大きゅうなったの」

歩きながらじいちゃんが、大きな声で何度もいうので、ぼくははずかしくなった。

「もう、六年生なんだから、あたりまえじゃん」

「ほうか、ほうか」

じいちゃんの家に着くと、ぼくはさっそく、デイバッグからバウムクーヘンを取りだした。

「これ、ぼくが似島《にのしま》でつくったんだ」

ほんとうは、ぼくだけじゃないけど。

「しかも、百年前に焼かれたとおりにつくったんだよ」

じいちゃんは、自分とぼくのコーヒーをいれ、台所のテーブルについた。そして、ゆっくりと、バウムクーヘンを口に運んだ。

「こりゃ、うまいで」

じいちゃんがおおげさに、おどろいたような顔をした。

ぼくもひと口、ほおばった。昨日の焼きたても香ばしくておいしかったけど、今日は今日で、しっとり感がまして、やっぱりおいしい。

「おやじが陳列館《ちんれつかん》で食べたのも、この味じゃったんかもしれんの」

「陳列館って……、物産陳列館？」

「ありゃ、物産陳列館いうよびかたを知っとるんか。今じゃ、原爆《げんばく》ドームとしかよばれんのに」

「やっぱり！」

腕《うで》から背中《せなか》にかけて、ぶわって感じで鳥肌《とりはだ》が立つのを感じた。

ぼくはじいちゃんに、カール・ユーハイムがドイツ捕虜《ほりょ》だったこと。バウムクーヘンが、物産陳列館で、日本ではじめて販売《はんばい》されたことを話した。

「ひいじいちゃんは、ドイツ捕虜の展覧会《てんらんかい》に行ったんだね」

「そうかもしれんの。そのころは、元安川《もとやすがわ》をはさんで、陳列館の真ん前の街に家があったし」

「それって……、平和記念公園？」

「うん。あのころは、中島本町《なかじまほんまち》いいよった。わしが六歳《さい》のころまで住んどったよ」

ぼくのじいちゃんが、あの街に住んでいたなんて……。

ぼくの衝撃《しょうげき》に気づかず、じいちゃんはなつかしそうに話しだした。

「あのころはもう、産業奨励館《しょうれいかん》いう名前に変わっとったが、わしらは〝陳列館《ちんれつかん》〟いよった。正面に広い階段《かいだん》があって、手すりにのって、すべりおりて遊びよったよ」

じいちゃんには、お姉さんがいたことも話してくれた。歳《とし》の離《はな》れた末っこの男の子だったので、お父さんからとてもかわいがられたらしい。仕事が終わった夕暮《ゆうぐ》れに、お父さんとふたりで、産業奨励館の前を通って散歩したことを覚えていた。そのとき、じいちゃんのお父さんは、子どものころにここで、バウムクーヘンという、ものすごくうまい洋菓子《ようがし》を食べたといったそうだ。

もしも、神戸《こうべ》に行く機会があったなら、じいちゃんのお父さんはもう一度、カール・ユーハイムのつくったバウムクーヘンを、口にすることができたかもしれない。だけど、今のような宅配便《たくはいびん》もない時代だ。おいしいものは、そのお店があるところまで行かないと、食べることはできなかったんだ。

「おやじは原爆《げんばく》で亡《な》くなったけえ、けっきょく、バウムクーヘンを食べたのは、そのときだけじゃろうね」

「原爆で？」

「うん。母親も。いっしょに住んどったおじいさんもおばあさんも、おばさんもみんな亡くなった」

じいちゃんの家があの場所にあったということは、そういうことなんだ。

ぼくは、はっとした。

「じいちゃんも原爆にあったの？」

これまで、じいちゃんからそんな話を聞いたことがなかったから、思いつかなかった。だけど、じいちゃんの年齢《ねんれい》からしたら、あっていてふしぎはなかった。

「おやじといっしょに原爆におうとったら、今、生きとりゃせんよぉね」

一九四五年八月六日。戦争がはげしくなった当時、六歳《さい》だったじいちゃんは、ひとり、お母さんの実家にあずけられていたのだそうだ。今、じいちゃんが住んでいることの場所だ。

あの日の朝、むかえにくるはずだった両親を待っていた。

「わしは庭にしゃがんどって、ピカッと光るのを見たよ。洗濯《せんたく》ものをほしとったおばあさんがとんできて、わしにおおいかぶさってくれた。ほっぺたが熱かったのを覚えとる。地ひびきがして、キノコ雲が空にわきあがるのも見た」

中島本町《なかじまほんまち》の家にいた両親は、骨《ほね》も見つからなかったと、じいちゃんはいった。

「軍服をつくる工場で作業をしとった姉さんは、似島《にのしま》で見つかった。船で運ばれとったんよね。親戚《しんせき》の者がさがしに行って、ようよう見つけたときは、もう息がなかったそうな。それでも、見つけてやれただけよかったというとった。亡くなったほとんどの人は、島にそのまんまうめられて、骨も家族のもとにもどっとらん」

ブンさんの話が頭によみがえった。ひどいやけどを負い、運ばれてきた一万人の人びと。そのほとんどが、島からもどることなく亡くなったと。

じいちゃんのお姉さんも生きてもどることができなかった。似島には原爆で亡くなった人の慰霊碑《いれいひ》があった。

「ひどかったのお。ここらの学校にも、やけどで真っ黒になった人らが次つぎ運ばれてきて、遺体《いたい》を焼くけむりがあっちでもこっちでもあがっとった」

じいちゃんは、ゆっくり息をはいた。

たった六歳《さい》で家族を一度に亡《な》くし、お母さんの両親に引きとられたんだ。

ぼくは、自分の家族がいっしゅんでいなくなるところを想像《そうぞう》した。いや、とても想像なんてできなかった。

「じいちゃん。こんな話、はじめてだよね」

「わしも、だれにもいうてこんかった。颯太《そうた》のお母さんにもいわんかったね」

「どうして？」

「さあ、なんでかねぇ」

じいちゃんは、ちょっと考えているようだった。

「聞かれもせんかったし。みんな、そうよ」

そういって、すっかりさめたコーヒーをゴクリと飲みほした。

優斗《ゆうと》のひいおばあちゃんも、同じことをいっていた。「みんな、そうよ」という
じいちゃんたちは、いったいどんな思いで生きてきたのだろう。

「おやじに、もう一度、バウムクーヘンを食べさせてやりたかった。じゃけえ、颯
太がよろこんで食べてくれると、なんか、おやじもよろこんどるような気がするん
よね」

いつも、なにげなく食べていたじいちゃんのおみやげに、こんな意味がこめられ
ていたなんて、ぼくはなにも知らなかった。

「今日は、おやじが食べたバウムクーヘンを食べさせてもろうてよかった。おやじ
がいつも、いうとったからの。おまえにもいつか、食べさせてやると」

にこにこするじいちゃんを見て、ぼくもうれしかった。つくって、もってきて、
ほんとうによかったと思った。

「これを少し、もっていってやってもええか？」

じいちゃんの皿には、バウムクーヘンがひと切れ、残っている。

「だれに？」

ふふっと笑うだけで、答えなかった。

「明日、颯太《そうた》を送りがてら、いっしょに行こう」

じいちゃんが、残りのバウムクーヘンを、ていねいにラップにつつみなおした。

8 平和記念公園を歩く

翌日《よくじつ》、朝ごはんをすませると、じいちゃんは出かけるしたくをはじめた。

「ぼくなら、ひとりで帰れるんだけどな」

わざわざ、家に送ってもらっては、ひとりで来たかいがないような気がした。でも、じいちゃんはにこにこして、ついでがあるからといった。

「それに、颯太《そうた》がいっしょじゃったら、よろこぶじゃろうけえね」

そういって、ひとりでうなずいて、頭に帽子《ぼうし》をのせた。

ふたりで坂道をおりてきた。ぼくはＪＲ《ジェイアール》の改札に向かおうとした。でも、じいちやんに止められた。

「こっち、こっち」

そういって、JR《ジェイアール》の駅を通りこしていく。じいちゃんが向かったのは、路面電車の駅だった。

「電車で行くの？」

うそだろ。

「JRを使わないと、三十分はよけいにかかるよ」

だけど、じいちゃんは、ぼくの前をさっさと歩いていってしまう。

「わしは、いつも電車よ」

JRと電車の駅は五十メートルと離《はな》れていない。しばらく待っていると、プラットホームに電車が二両でやってきた。

タタン、タタン。

のんびりと電車が動きだした。

動きだしてすぐに、電車もいいかもしれないと、ぼくは思った。車窓《しゃそう》から、海をずっと見ていられる。似島《にのしま》も見える。

「けっこう、いいかも」

そういうと、じいちゃんがにんまりした。

「じゃろ？」

タタタン、タタタン。

だけど、海が見えなくなるとそのあとは、住宅街《じゅうたくがい》を走るばかり。

「やっぱり、時間かかるなぁ」

途中《とちゅう》までならんで走るＪＲの列車が、ぼくらをぬいて走りさるのが、うらめしかった。

電車にゆられ、うとうとしていると、いつのまにか、広島市の中心に近づいていたらしい。

「次でおりるで」

じいちゃんがそういったとき、アナウンスが、「次は原爆《げんばく》ドーム前」と告《つ》げた。

そうかと、ぼくは思った。

じいちゃんは、ここに寄《よ》るために、わざわざ電車に乗ってたんだ。JR《ジェイアール》だと、平和記念公園の通りからは大きくそれてしまう。

電車が止まると、じいちゃんはふたり分の電車賃《でんしゃちん》をはらい、ステップをおりた。ついておりると、目の前に原爆ドームがあった。

くずれたレンガの壁《かべ》、鉄わくだけになった円天井……。それを見たときの印象《いんしょう》が、似島《にのしま》に行く前とあとでは、ぼくの中でまったくちがっていた。

前は、ただ、ながめて通りすぎるだけだった。でも、今、目の前にあるのは、カール・ユーハイムが、はじめてバウムクーヘンを日本に紹介《しょうかい》した建物。そして、じいちゃんが、階段《かいだん》の手すりをすべって遊び、お父さんといっしょにながめた建物だ。

原爆ドームを過《す》ぎて、元安橋《もとやすばし》をわたり、ぼくたちは平和記念公園に入った。

折《お》り鶴《づる》をかかげた少女の像《ぞう》の、後ろのあたりにあったベンチに、じいちゃんとぼ

くは、ならんですわった。

「あそこに花壇《かだん》があるじゃろう」

じいちゃんが元安橋《もとやすばし》の手前あたりを指さした。赤いバラの花が咲《さ》いている。

「ここに住んどったころは、あそこに写真館があって、家族写真を撮《と》ってもろうたよ。よく撮れとったけえ、写真館の窓《まど》んところにかざってあって、友だちに自慢《じまん》しよった」

じいちゃんの指先が、右に動いた。レストハウスの西側をさしている。

「あそこには、ヒコーキ堂《どう》いう駄菓子屋《だがしや》があった。ときどき、姉さんがキャラメルを買うてくれよった」

ぐるりと体をひねって、じいちゃんは後ろ側をさす。

「ほいで、この裏《うら》には寺があって、幼稚園《ようちえん》をしとった。わしも通っとったよ」

そのとき、じいちゃんが指さした森の中から、ゴーンと鐘《かね》の音がした。

「お寺の鐘？」

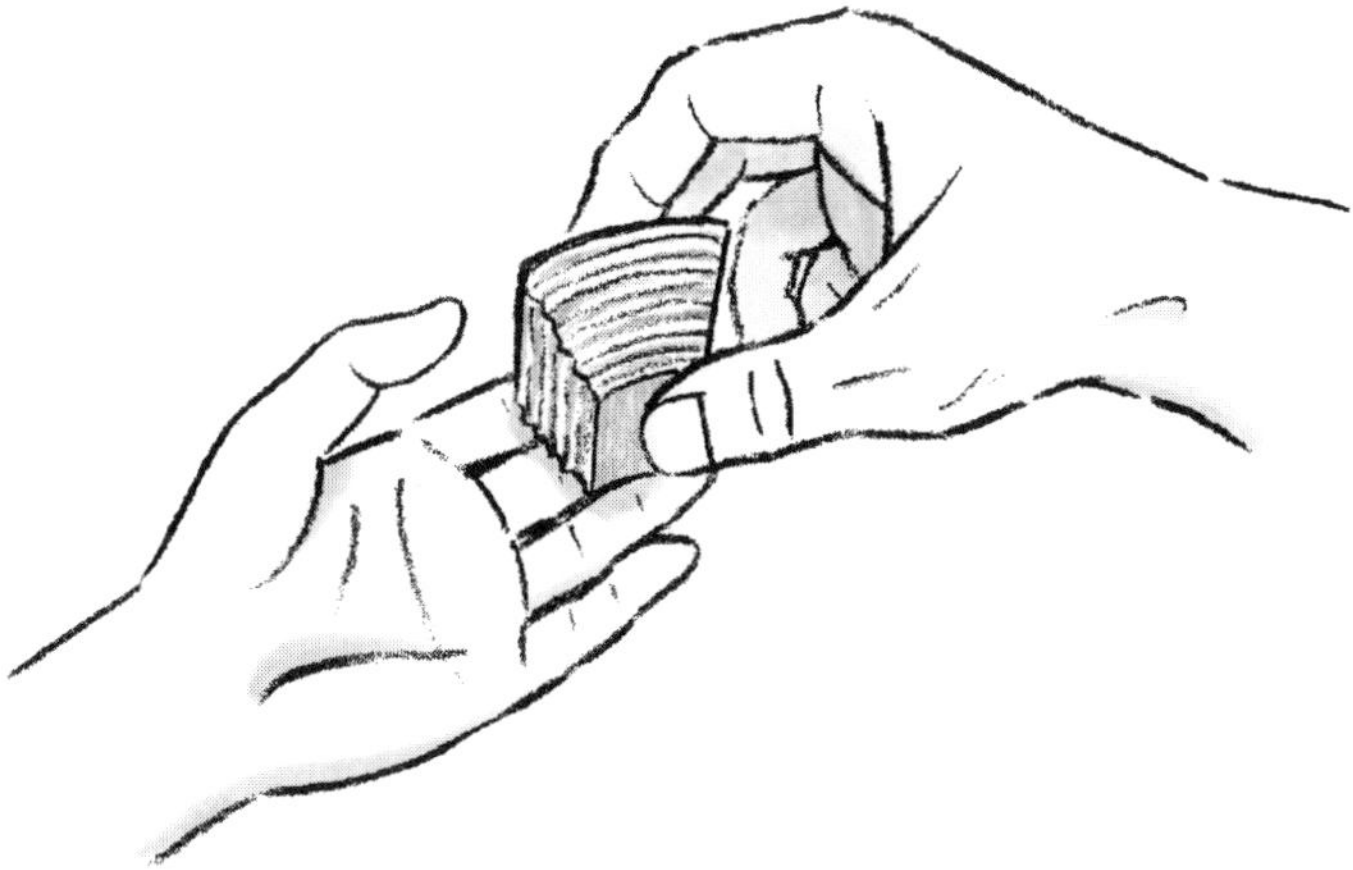

「寺もなくなった。今のは、あとで建てた〝平和の鐘〟じゃね」

そうだ。じいちゃんの心にある風景はすべて消えさったんだ。あのいっしゅんで。

じいちゃんがかばんから、バウムクーヘンを取りだした。

「ほれ、颯太《そうた》にも半分」

ぼくたちは、小さくなったバウムクーヘンを、わけあって食べた。

しげった濃《こ》い緑が森になって、木かげをつくっていた。川向こうで、原爆《げんばく》ドームが白く、太陽に照らされていた。

「あのときの、バウムクーヘンじゃねえ」

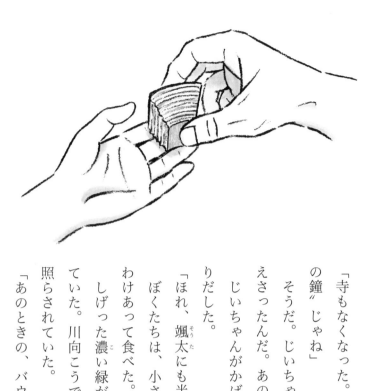

ドームを見つめたまま、じいちゃんが、ぽつりといった。ぼくにいったのではない。それがわかった。

小さな女の子ふたりが、木々のあいだから、にぎやかに笑いながらあらわれた。後ろから、お父さんとお母さんが歩いてくる。川のほうから、ギターの音が聞こえてきた。歌もまざる。外国人の団体《だんたい》が騒《そう》ぞうしく通りすぎた。

「ここは、ほんとうはじいちゃんちだったのに」

なんだか、ひとんちの庭を、他人がかってに歩きまわっているような気がして、おもしろくない。じいちゃんの大切な時間をじゃまされるのが、許《ゆる》せなかった。

「ええんよ。みんなが来てくれりゃあ。ここに来て、なんか感じてくれりゃあ」

「でも、なんで……」

似島《にのしま》に行ってから、ぼくの頭の中にはさまざまな〝なんで？〟がふりつもり、うずまいていた。なんで人は、とんでもなく残酷《ざんこく》になれるんだろう、なんで人は、ぜったいにしてはいけないことをするんだろう、なんでじいちゃんは、家族も思い出の場所も、全部失くさなきゃいけなかったんだろう……。

「だれか戦争を止める人はいなかったの？　もう、ここらへんでやめておこうとか。ちっちゃい子も巻《ま》きこむことになるんだよとか。そんなの、小学生にだってわかるよ」

するとじいちゃんがいった。

「あのころ、戦争反対なんて、口に出せんかったじゃろうよ。みんなが自分を犠牲《ぎせい》にして、一丸となっとると、よけいこそね」

ぞろぞろと、中学の修学旅行《しゅうがくりょこう》らしい一行が近づいてきた。中のひとりが折《お》り鶴《づる》を少女の像《ぞう》にささげ、みんなは手を合わせた。それが終わると、白い半そでシャツを日にかがやかせながら、遠ざかっていった。

ふいに、じいちゃんによびかけられた。

「颯太《そうた》」

「颯太は、いろんなことを、自分の頭で考えられる大人になりんさいよ。人がどうこういうからじゃなしに」

ぼくは、うなずいた。

帽子《ぼうし》をまっすぐにかぶりなおして、じいちゃんが立ちあがった。

「暑うなったね。バスセンターでかき氷でも食べていこうか。今日はもう、バウムクーヘンはええじゃろう」

笑って歩きだした。

少しのあいだに太陽は高くのぼり、ギラギラと照りつけた。アスファルトの表面がゆらいで見える。

今度は橋をわたらずに、原爆《げんばく》ドームの対岸を川沿《かわぞ》いに歩いた。

「暑うても、今はこの川で泳ぐものはおらんのじゃろうの」

ひたいの汗《あせ》をハンカチでぬぐいながら、じいちゃんがいった。

「あたりまえだよ。こんなところで泳いでたら、おこられるよ」

「ほおか。おこられるか」

「まず、学校に連絡《れんらく》が行くね。小学生があぶないことしてるって」

「わしが子どもんとき、元安川《もとやすがわ》はええ遊び場じゃった。大きい子は橋から飛びおりよった。わしらのような小さい子は、砂地《すなち》でがんもんをとって遊んだ」

「がんもん？」

「がんもんを知らんか。手長エビのことよ。シジミもいくらでもおったよ」

「へえ」

「あのころは、水がきれいじゃったけえね」

じいちゃんがふと、道の先に目をやった。

「川のほとりを歩くと、今でも、家族が向こうからやってくるような気がするんよね」

川沿いの街路樹《がいろじゅ》で、思いだしたようにセミが鳴きはじめた。

あとがき

バウムクーヘンのことを考えると、今ではすっかり成人した息子たちが、まだ子どもだったころを思いだします。デパ地下に売られていた、ちょっと特別なお菓子《かし》。たまに買ってくると、みんな、おおよろこびでした。

数年前のある日に、なにげなく見ていた地元のニュース番組。日本ではじめてバウムクーヘンが販売《はんばい》された場所が、原爆《げんばく》ドームだと伝えていました。ほんの数秒間流れたニュースでしたが、強く印象に残りました。家族のしあわせそのもののようなお菓子と、原爆ドーム。このふたつは、わたしの中でまるで対局にあって、まったくまざりあわないものだったのです。

疑問《ぎもん》を抱《いだ》き、調べていくうち、なじみの店の名前は、日本に連れてこられたドイツ人の姿《すがた》になって動きだしました。バウムクーヘンを通して、あらためて、広島を知る機会を得ました。そして、伝えたいことが生まれました。

ラストでじいちゃんが、「川のほとりを歩くと、今でも、家族が向こうからやってくるような気がする」というのは、中島本町《なかじまほんまち》(現在《げんざい》の平和記念公園)でご家族をすべて失った濵井徳三《はまいとくそう》さんから聞いた言葉です。

この本を書くにあたって、郷土史研究家の宮﨑佳都夫さん、似島臨海少年自然の家の重末貴文さんには、大変お世話になりました。似島へ取材にうかがったおりには、いつもおふたりがやさしい笑顔でむかえてくださいました。また、株式会社ユーハイム、被爆証言者のみなさま、ほかにもたくさんのお力添えをいただきました。心より感謝申し上げます。

二〇二〇年　初夏　　　　巣山ひろみ

参考資料

「中国新聞」
「似島の口伝と史実」似島連合町内会郷土史編纂委員会・宮﨑佳都夫
「デモ私　立ッテマス　ユーハイム物語」株式会社ユーハイム
「菓子は神さま　カール・ユーハイム物語」新泉社　頴田島一二郎
「青島ドイツ軍俘虜概要　その実績・足跡」チンタオ・ドイツ兵俘虜研究会　瀬戸武彦
「大阪ドイツ俘虜」チンタオ・ドイツ兵俘虜研究会　堀田暁生
「物産陳列館から原爆ドームへ　75年の歴史」広島市
「大阪俘虜収容所の研究―大正区にあった第一次大戦下のドイツ兵収容所―」大阪市大正区役所地域課地域グループ
似島臨海少年自然の家ホームページ
「証言　記憶の中に生きる町」ヒロシマ・フィールドワーク実行委員会
「消えた町　記憶をたどり」森冨茂雄
「広島県産業奨励館物語」三浦精子

取材協力
郷土史研究家　宮﨑佳都夫
似島臨海少年自然の家
似島臨海少年自然の家　指導主事　重末貴文

著者　巣山ひろみ（すやま　ひろみ）
広島市出身。「雪の翼」で第20回ゆきのまち幻想文学賞長編賞受賞。『逢魔が時のものがたり』（学研）で第42回児童文芸新人賞受賞。作品に「パン屋のイーストン」シリーズ（出版ワークス）など。日本児童文芸家協会会員。

画家　銀杏早苗（いちょう　さなえ）
広島市出身。MJイラストレーションズ卒業。『命のものさし』（今西乃子／著、合同出版）の挿絵などを手がける。

協力　株式会社ユーハイム

装丁・デザイン　村松道代

バウムクーヘンとヒロシマ
ドイツ人捕虜ユーハイムの物語

2020年6月27日　初版第1刷発行
2022年5月14日　初版第3刷発行

著　者　巣山ひろみ
発行人　志村直人
発行所　株式会社くもん出版
〒141－8488　東京都品川区東五反田2－10－2
東五反田スクエア11F
電話　03-6836-0301（代表）
03-6836-0317（編集直通）
03-6836-0305（営業直通）
ホームページアドレス　https://www.kumonshuppan.com/
印刷　共同印刷株式会社

NDC916・くもん出版・176P・20cm・2020年・ISBN978-4-7743-3057-0

CD34604